메모리딜러

메모리딜러

발행일 _ 2021년 12월 24일

글 _ 오은실

발행인 _ 오은실
편집 _ 윤민
표지 그림 _ 황윤경
표지디자인 _ 토가디자인

발행처 _ (주)이야기의숲
출판등록 _ 제 2019-000044호
주소 _ 서울시 마포구 월드컵북로 400, 5층 17호
TEL _ 02-980-7300

ISBN 979-11-89674-29-8 03810

이 책은 저작권법에 따라 보호받는 저작물이므로 전부 또는 일부를 무단으로 복사, 복제, 배포하거나 전산장치에 저장할 수 없으며 재사용하려면 저작권자의 서면동의를 받아야 합니다.

이 책은 2021년 한국출판문화산업진흥원 중소출판사 출판콘텐츠 창작지원 선정작입니다.

메모리딜러

기억을 사고파는 은밀한 거래

오은실

이야기의 숲

차례

시퀀스 01

001 / 모처 _ 009
002 / 나비 함부로 날리지 말라우! _ 024
003 / 업종변경 _ 047
004 / 서랍이 하나뿐이었던 아버지 _ 070
005 / 아버지의 목재소 _ 078

시퀀스 02

001 / Q&A _ 086
002 / 딜러가 되길 거부한 남자 _ 104
003 / 그녀를 만나기 전까지는 그랬습니다 _ 112
004 / 기차는 정차역을 그냥 통과하여 가고 있었다 _ 114
005 / 자신의 죽음을 본 여자 _ 120
006 / 반가사에서 만난 외로운 영혼 _ 130
007 / 공포소설작가 쿰씨 _ 134

시퀀스 03

001 / 살인청부업자와 예언하는 여인 _ 166
002 / 살아 돌아온 딜러들은 할 말이 많다 _ 190

001 / 작가 후기 _ 210
002 / 주요 인물 소개 _ 213

001 모처
002 나비 함부로 날리자 말라우!
003 업종변경
004 서랍이 하나뿐이었던 아버지
005 아버지의 목재소

sequence 1

시퀀스 01

0 0 1

•

모처

이야기의 시작은 북경의 겨울이었다.

그가 차갑고 메마른 대륙의 바람을 온몸으로 맞으며 차오와이 소호의 빌딩숲을 걸어가던 당시를 이야기하기 시작했다. 그는 신흥부자라는 한 가족의 초대를 받아 가고 있는 중이다.

중국 최대 국경절인 춘절의 긴 연휴는 외국인에게는 외로움을 견뎌야 하는 고역의 시간이다. 문을 연 가게도 눈에 잘 띄지 않았다. 스타벅스의 찐한 커피 한 잔이 그리웠지만 그럴 여유가 없었다. 돈도 마음도 팍팍한 시절이었다.

공중전화 박스에서 먹통인 전화기를 붙잡고 일 년여 동안 기다리며 서 있었던 느낌이랄까. 그게 그때의 심정이었다고 한다.

그러나 답은 왔다. 그것은 의외의 방식으로 그의 방향을 바꿀 수 있는 제안이었다. 그리고 세 번째 춘절을 홀로 보내던 그날이었다.

부자의 아들은 꼴통이었고 한국의 문화를 동경했다. 그에게 온 제안은 한국어 가정교사쯤이랄까. 그 부자가 규모 있는 미디어 그룹을 이끄는 사람이었다는 것은 나중에 알게 되었다. 아버지라던 부자는 도통 얼굴을 볼 수 없었다. 언제 한번, 수업을 참관하는 장학관처럼 잠시 방에 머물다가 나간 적은 있었다.

그 부자가 한 달여의 시간이 흐른 후 진선생을 따로 모처로 불렀다. 중국식 만두인 '빠오즈'로 유명하다는 집이라기에 가볍게 쓰레빠 끌고 갔다 그만 가게 안에서 길을 잃을 뻔했다. 내부는 미로였다. 방마다 특색 있는 전통과 현대가 어우러진 장식과 음악이 흘러넘쳤다. 중국의 귀족 문화의 한 단면을 본 그는 이곳 또한 그 아버지의 투자처 중 하나라는 것을 나중에 알게 되었다. 한입 베어 물었을 때 입 안 가득 머무는 향기로운 빠오즈의 맛을 내기 위해 어떤 노력을 하는지 궁금해 하는 진선생에게 그는 기꺼이 주방을 공개하였다. 진선생은 처음으로 맛의 차원 하나를 알게 되었다. 자존심만은 갑이었던 그는 이민족의 언어를 배우지 않았던걸 후회하면서 짧은 중국어로 연신 맛에 대한 감동을 표했다.

거기서 진선생은 말을 멈추었다.

다음 얘기를 시작하기까지 좀 시간이 걸릴 태세다. 그 앞에 있는 카메라맨 강피디는 그런 그를 방해하지 않았다.

순간 그의 눈가가 충혈 되며 눈물이 그렁거린다. 이게 뭔 갑작스런 시추에이션!

작지만 성능 좋은 카메라는 줌인으로 들어가는 타이밍을 놓치지 않는다. 상대는 느끼지 못하도록 무심한 척. 강피디의 오른손은 리모컨의 스위치를 당겼다.

그 북경에서 먹은 빠오즈 맛이 떠오른 것일까?
그의 상 앞에 놓인 식어 빠진 군만두로 눈길이 갔다.

자신의 지금 처지가 연결되어 눈물샘을 자극한 것일까?

진선생은 거래 물품이 누군가의 기억이 될 줄 그때까지도 눈치를 채지 못했다.

그들은 통역을 물리치고 서로가 공통으로 아는 영어로 이후의 대화를 이어갔다. 이 빠오즈의 맛은 쓰촨성에 태어나 살던 노인의 것이었다. 그 졸부는 여행 중 우연히 만나 먹게 된 촌구석의 음식과 그 맛을 만들 수 있는 유일한 노인의 기억을 훔쳤다. 노인은 죽었고 그 어떤 권리도 그에게 요구하지 않았다.

 이것은 그 맛을 흉내 내는 것과는 다르다. 물론 이 기억을 현실의 빠오즈로 만들어 내는 것은 숙련된 쉐프의 손이 필요하지만 그것은 단지 도구일 뿐.

 처음엔 그자가 무슨 말을 하는지 알 수가 없어서 "파든! 파든?" 하며 거듭 그의 말을 이해하려고 애썼다. 이것은 음식 장인에게 그의 손맛을 전수 받는 것과는 다르다는 것이다. 한 인간의 기억 속에 오롯이 들어있는 음식의 맛을 현실에 그대로 재현할 수 있는 능력 그것이 바로 메모리딜러만이 할 수 있는 일이라는 것이다.

"하우 머치 히즈 메모리?"
이것이 진선생의 가장 궁금한 질문이었다.
그 노인을 오동나무로 만들어진 관에 눕혔다고 했다.
'아! 그것이 대가였군.'
긴 질문이 필요 없었다.
진선생에게 그룹의 총수가 원했던 건 바로 그 역할이었다.

아들과 진선생이 공부하던 시간에 우연히 들여다본 총수는 아들의 무딘 두뇌를 깨어나게 하는 진씨의 능력을 보게 된다. 그는 보통의 가정교사가 아니었다. 절대 오르지 않던 아들의 성적이 달라지기 시작한 건 물론이다.

능력자를 알아보는 능력자의 눈으로 아이의 수업을 참관하던 아버지는 진선생의 능력을 본 것이다. 한국에서 거덜 나 기회의 땅이라는 중국으로 건너와서 수신 불능인 전화기가 울리길 기다리며 서 있는 심정으로 버텨온 이 남자에게서 총수는 거절할 수 없는 조건을 제안했다.

총수로 인해 자신의 능력이 남다름을 각성하게 된 진선생은 중국 전역을 돌아다니며 그 기억이라는 것을 거래하기 시작했다.

거기까지 얘기를 마친 진선생은 자장면은 역시 한국이 최고라며 바닥에 남은 자장의 양념까지 몽땅 입안으로 흡입했고 군만두를 먹은 후에야 오래된 허기가 메꿔진 듯 긴 한숨을 들이쉬었다.

5년여 동안 그가 해왔던 거래들은 북경에서 그의 생활수준을 변하게 했다. 그의 능력은 소리 소문 없이 돌아 주문들이 밀려들어왔다.

큰돈을 만졌고 그것은 물론 위안화였다. 한국으로 날아간 그 돈은 그의 일가를 먹여 살렸다. 그러던 그에게 생긴 이상한 증상이 생겼다. 두통이었다. 참을 수 없는 두통이 오는 날이 종종 있었고 병원은 그에게 큰 도움이 되지 않았다. 미루어 짐작컨대 두통의 이유는 그가 거래하는 상품의 특성 때문일 것이라 생각했다. 그러나 기억의 거래와 관련이 있다는 것을 막연히 느꼈지만 이미 돈의 맛을 알아버린 진선생은 멈출 수가 없었다. 1, 2월에 불어오는 북경의 차가운 겨울바람을 맞으면 두통이 사라졌다. 추위로 인한 고통이 두통을 잊게 하는 것일 게다.

촬영하던 강피디가 그에게 또 다른 기억나는 거래가 있는지를 물었다.
잠시 머리에 손을 괴더니 진선생은 얘기를 다시 시작했다.

익명의 주문자가 있었다. 주문자가 원했던 건 류리창(반짝이는 기와를 만드는 공장이 있던 곳에서 유래된 지명)에서 찾아야 하는 누군가였다. 그다지 내키지 않은 일이었지만 2월의 한파 속에서 또 찾아온 두통을 달래기 위해서 길을 나섰다. 거리는 한산했다. 17, 18세기에나 번화했던 곳이다. 지금은 세월의 뒤안길에서 잔챙이 관광객들의 푼돈으로 운영되는 상점들만이 즐비하다. 그러나 류리창의 돌바닥은 지난 세월의 유명세를 짐작케 할 만큼 여전히 고급스러웠다.

이곳에서 팽선생을 찾아야 한다. 그는 거리의 서예가라고 하였다. 이국 관광객의 시선으로 골목을 돌아다니다가 다시 광장으로 들어서는데 한 무리의 서예가들이 각자의 붓으로 일필휘지를 하며 돌바닥에 한시를 풀어 놓고 있었다.

이 거리에 단 한 사람의 팽씨가 있을 것을 기대 했었던 건 아니나 팽씨를 찾는 건 쉽지 않았다. 한참을 구경하던 진선생은 허기짐과 추위 때문인지 어느새 두통이 사라진 것을 느끼며 근처 보이는 카페로 들어갔다. 중국전통가옥인 사합원을 개조해 만든 카페였다. 겉에서 보는 것과는 사뭇 다른 세월의 품위가 느껴지는 곳이었다. 주인의 취미일까. 앵무새 한 마리가 반긴다. 새장 앞에는 여러 나라 언어로 뭔가가 쓰여 있었고 그중에 한글도 눈에 띤다.
'새에게 욕설을 가르쳐 주지 마세요. 아주 잘 따라 합니다.'

무심히 앵무새와 눈을 맞추었더니 앵무새가 툭 던진다.
"씨발 놈!"

분명 한국 욕이다. 신기하다. 새는 외모를 보고 한국인을 아는 것일까.

다가온 종업원이 중국어로 뭐라 뭐라 한다. 자리에 앉은 후 어린 종업원에게 간단한 영어로 정보를 들은 진선생은 곧 상황을 이해하게 된다. 한국인이 하는 말을 배운 앵무새가 비슷한 외모의 누군가가 나타나면 "씨발 놈"이라고 한다는 것이다. 그 욕을 가르쳐 준 이는 누구였을까?

이곳에서 일하는 또 다른 여인이 진선생 앞으로 다가왔다. 앵무새의 사연을 궁금해 한다고 전해들은 것일까. 주문한 차를 가지고 나온 그녀는 유창한 북경어로 이야기를 시작했다. 고개를 주억거리며 듣던 진선생은 곧 온화한 미소를 띠며 "뚜에부치 워쉬 한궈런!"이라고 말을 하였다. 그녀는 온화한 미소로 답하며 이번엔 유창한 서울말을 토해내기 시작했다. 중국에 온 한국인 이란다.

그녀는 당시 상사였던 중국인이 너무 못되게 굴어서 앵무새에게 욕을 가르치게 되었다고 한다. 그런데 어느 날 그게 한국말 욕인걸 상사가 눈치 채게 되었고 그런 팻말이 붙여지게 된 것이다. 물론 상사는 한국 관광객 중 한 명이 그 욕을 알려준 것으로 알고 있다고 한다.

 그런 이야기를 주고받다 진선생은 그녀와의 수다가 편해졌다. 그녀의 미소 때문이었을까, 아니면 차의 효능 때문이었을까. 두통도 다시 찾아오지 않았다.

 그녀에게 진 선생은 쉽지 않은 청을 넣었다.
"잠시 저와 함께 차를 마실 수 있을까요."
 그렇게 두 사람은 차를 홀짝거리며 오후의 시간을 보냈다. 그때 문밖이 어수선해지더니 주인이 왔다며 그녀가 일어선다.
 그리고 한 손에 큰 붓을 들고 한손엔 먹물 든 수통을 들고 들어선 그 주인이 팽씨라는 것도 곧 알게 되었다. 광장에서 그를 찾을 수 없었던 건 그가 다른 장소를 찾아 한시를 풀어놓았기 때문이었다. 친해진 종업원이 사장을 인사시켜주는 친절을 잊지 않았다.

 여기서 진선생은 자신의 영업비밀을 얘기해준다. 기억을 파는 자는 그 기억이 가장 소중한 것일수록 내놓지 않으려 한다. 운명을 거래하는 일과 유사하기에 영업이 성공하기 쉽지 않았다. 이때 진씨의 전략은 솔직함이었다.

"당신의 기억을 사고 싶은 자가 있소. 그는 한족이고 당신 사부를 알고 있는 자고 그 사부의 글이 어디에도 남아 있지 않다는 것도 알고 있소. 당신은 무슨 이유인지 모르겠으나 물로 휘발되는 글만을 쓸 뿐 절대 종이 위에 글을 쓰지 않는 것을 알고 있소. 한번은 시도해본 적이 있으나 그것은 휘발되는 글씨만큼의 힘도 매력도 없다는 것을 알고 더 이상 그런 시도조차 하지 않고 있음도 알고 있소."

 그녀는 중간에서 진선생과 주인을 연결해주는 통역사 역할에 신이 나 있었다. 아마 누군가가 이때의 풍경을 어딘가에 담아 두었다면 비밀리에 진행되는 두 나라의 정상회담 같았다고 할 것이다. 팽씨의 기억을 사고 싶은 누군가가 있고 거래조건은 나쁘지 않다. 이 사합원을 소유하고도 남을 돈을 줄 것이다. 진선생은 팽씨의 재정상태가 좋지 않음을 알고 있었다.

 그는 입을 열었다. 그녀가 바로 전달해주는 이야기에 따르면 팽씨의 사부는 손가락에 꼽을 만큼 유명했던 명필가였다. 그렇지만 그도 문화혁명의 소용돌이를 비켜 갈 수가 없었고 몇 점 남은 작품마저 불쏘시개로 사라졌다. 그는 유명을 달리하며 '종이에 글을 남기지 마라.' 라는 유언 아닌 유언을 아들 같은 제자였던 팽씨에게 남겼다고 한다.

팽씨는 그 후 거리의 청소부 일을 시작했지만 글씨를 쓰고 싶은 욕망이 치밀어 오를 때마다 빗질을 멈추고는 바닥에 물로 글을 쓰기 시작했다고 한다. 그것을 본 누군가가 있었고 그에게 작은 온정을 베풀었다. 그 후 청소 일을 그만두고 사합원을 빌려 카페를 시작할 수 있다고 한다. 그렇지만 그 사부의 충실한 제자였던 그는 끝까지 그의 유언을 지키고 있는 것이다. 알 수 없는 감동이 밀려오는 스토리였다.

오늘의 거래는 어렵겠다는 생각이 들었지만, 진선생은 아까부터 통역을 해주는 종업원의 성실함에 푹 빠져 들고 있었다. 아직 두통은 나타나지 않았다. 그렇게 시간이 흘렀고 그는 그들과 저녁상까지 마주하게 되었다. 물론 그날 카페는 더 이상 손님을 받지 않았다.

그때였다. 팽씨가 물었다.
"쉐이더 런?"
이 정도는 진선생도 알고 있는 중국어다.

방어할 틈도 없이 그는 누구라고 말해 버렸다. 이건 물론 금기 사항이었다. 거래를 원하는 사람을 얘기해선 안 된다. 그것을 노출해버린 것이다. 거래를 원하는 이는 여자였는데, 그 이름을 들은 팽씨의 눈가가 살짝 떨리고 입술은 올라갔다.

터지는 파안대소.

거래는 성사되었다. 팽씨는 아는 걸까? 이것이 자신의 목숨을 거래하는 것과 같을 수 있다는 것을. 그는 굳이 말하지 않았다.

거래를 원했던 여인의 남편은 거대 그룹의 부회장쯤 된다고 했다. 그녀는 유럽과 북경을 오 가며 여행과 쇼핑 등으로 소일하는 그야말로 복 받은 말년의 호사스러운 일상을 누리고 있었다. 그녀는 팽과 같은 사문에서 서예를 수학했고, 그 능력은 그리 탁월하지 못했던 것 같다. 스승이 아끼는 제자인 팽씨를 사랑했고 질투했는데, 문화혁명은 그녀의 삶을 아주 다른 방향으로 바꾸어 놓았다. 오랜 시간이 흐른 뒤 그녀는 이곳저곳을 흘러 다니는 영상에서 거리의 서예가를 보게 된 것이다.

어느 날 유럽의 호텔방에서 우연히 본 방송이었다. 서양인들에겐 굉장히 신기한 모습이었을 것이다. 그녀는 단박에 그가 팽씨라는 것을 알아보았다. 처음엔 그저 그를 기억해 냈을 뿐이다. 자신이 한때 사랑했던 남자를. 그가 돌바닥에 휘갈긴 시구는 바로 둘이 연예할 때 주고받던 연시라는 것도 알 수 있었다. 그녀는 그를 수소문해서 몰래 그의 글씨를 받아 보려 했지만 실패했다.

 스승의 유언을 지키기 위해 해왔던 오랜 습관으로 그의 필체는 돌바닥이 아닌 한지 위에서는 살아나지 않았던 것이다. 그녀가 결국 포기하려던 순간 우연히 진선생의 특수한 거래를 전해듣게 된 것이다. 만약 그의 기억을 살 수 있다면 그의 능력까지 소유할 수 있고 그녀가 흠모해왔던 스승의 서체를 세상에 남길 수 있는 것이다. 거래가 성사되어 모든 능력을 잃어버린 남자의 운명에 대한 죄책감은 중요치 않았다. 아름다운 글씨는 세상에 남겨야 한다는 생각이 그녀를 가만있지 못하게 하였다.

 팽씨는 몸 안에 암세포가 커져 가고 있었다. 휘발되어 버리는 시구 이외엔 남길 수 없는 남자는 곧 이 세상을 하직할 것이다. 그 전에 이 거래를 마쳐야 한다. 조급증으로 그녀는 하루하루 힘들어 했고, 진선생을 만난 이후 빨리 그 일을 서둘러 줄 것을 재촉하였다. 그렇지만 진선생은 그 일이 내키지 않았다.

 측은지심이 발동했다고 할까. 하지만 팽씨는 거래자의 이름을 듣는 순간 그것이 마땅한 거래라고 생각했다. 진선생이 가장 사랑하는 중국말 "커이! 커이!"를 연발했다.

그렇게 일을 성사시키고 돌아온 이후에도 한동안 그에게 찾아오던 두통은 사라졌다. 그것이 그 사합원의 거래 때문인지 여종업원 때문인지 모를 일이었지만, 진선생은 연달아 해결해야 하는 바쁜 일정을 소화하기 위해 다시 넓은 중국 대륙을 누비며 돌아다녔다. 그가 다시 그곳의 거리를 찾은 것은 석양이 가장 아름답게 류리창의 바닥에 드리워진 술시 언저리였다.

거리의 서예가들이 한둘 보였고 골목을 들어서니 그 앵무새 카페가 보였다. 반가움에 한달음에 다가갔는데 문 앞에 초상을 알리는 전통 등이 켜져 있었다. 팽씨는 인생의 전부였던 그 기억을 거래한 후 삶을 하직한 것이다.
영업은 계속되는 듯이 불이 환하게 켜져 있다. 앵무새는 여전했고 안은 적막했으며 화분의 식물들은 말라 있었다.
"시발 놈 좋은 놈!"
앵무새가 그를 보더니 종알거린다. 그새 한국말 하나를 더 익힌 것일까. 그때 종업원 그녀가 옆으로 다가왔다. 마치 어제 만났던 사람의 친숙함으로.

오늘이 마지막 영업일이란다. 팽씨는 죽으며 그녀에게 유산을 좀 남겨주었다. 국적은 달랐지만 딸처럼 보살폈던 아이였다. 왜 그랬는지 그 이유는 묻지 않았다. 그녀는 곧 한국으로 돌아간다고 했다. 이름을 물었더니 '반가사'를 기억해달라고 했다.

카메라 프레임 안에 붉은색 레코딩 버튼이 멈추었고 진선생을 촬영하고 있던 모자 쓴 강피디의 프로필이 언뜻 보였다.
인터뷰는 끝났다. 강피디는 준비되었는지를 물었다.
오랜 두통에서 벗어날 수 있을 거라며 강피디는 익숙하게 카메라를 정리하기 시작했다.
진선생의 눈빛이 잠시 흔들리는 듯도 하였지만 곧 평정을 찾더니만 물잔을 들어 캡슐로 된 알약을 삼켰다.

"뒷일을 잘 부탁하오."

진선생은 그가 이승에서 남긴 마지막 유언이 될 말을 하고 소파에 기대에 눈을 감는다.

002

•

나비 함부로 날리지 말라우!

또 다른 인터뷰가 시작되었다. 촬영기 렌즈에 비친 자신의 모습에 신경 쓰였던지 남자는 머리 가닥을 매만져 비어 있는 가르마 앞부분을 살짝 가렸다. 중년으로 접어드는 남자인데 귀여움마저 살짝 느껴지는 행동이라 생각하며 카메라맨은 그가 준비를 마치기를 차분히 기다렸다.

가장 어린 딜러를 만난 이야기로 인터뷰는 시작되었다.

"그 당시만 해도 도장에 어떤 힘이 있다고 믿던 시절이었지요. 책방 안에 한 귀퉁이를 빌려 장사를 하고 있을 무렵이었는데, 취미도 특기도 독서라고 쓸 것 같던 아이였지요."

***

또래의 친구들이 들판과 산으로 뛰어다닐 때 어린 필담은 학교가 파하면 곧장 이곳으로 숨어 들었다. 낡은 간판에 형제라는 글자만이 남아 있는 이곳, 주인장은 어린 손님에게 가게를 맡기고 비울 때가 많았다. 인근에서 유일하게 문을 닫지 않은 서점으로 대형서점이 들어서기 전까지는 꽤 번성했으나 지금은 평범한 소읍의 중고책방으로 쪼그라 들어버린 그런 곳이다.

너덜해진 참고서, 교과서, 중간에 몇 권이 빠진 세계 명작 전집류들, 19금 에로 잡지, 실용서, 고서적에 이르기까지 들쭉날쭉 이중 삼중으로 빼곡하게 채워진 서가들을 보면 이곳이 마치 세상에 태어났다가 존재 증명을 마친 모든 책들의 공동묘지 같은 곳이라 느껴지던 곳이다.

손필담은 아직 덜 자란 작은 키, 오밀조밀한 윤곽의 외모를 지녔다. 그는 또래 아이들 보다 조금 부실해 보였고, 성격 또한 내성적이어서 친구와 어울리지 못하는 아이였다. 그도 대화 없이 몸으로 들이대는 또래 아이들 틈에서 자신의 존재감을 같은 방법으로 드러내기 위해 애쓰지 않았다. 복도에서 수백 번 마주쳤겠으나 앨범을 봐도 기억나지 않을 법한 아이.

하지만 그와 활자의 관계는 달랐다. 그 활자들은 자신을 아주 잘 기억해 주는 어느 누구보다 친근한 벗이었다. 필담이 코를 책에 파묻고 있는 것은 그게 그냥 좋아서다. 물론 진짜 독서를 할 때도 있었지만 언제나 꼭 읽는 것은 아니었다. 오래된 종이의 냄새만으로도 좋았다. 그야말로 진짜 책벌레처럼 말이다.

이곳 형제서점을 처음 들락거리게 된 것은 여느 아이들처럼 필요 없어진 참고서를 가져가 만화책으로 바꿀 요량이었다. 늦바람 난 책방주인의 뻔질난 외출 덕에 그냥 그곳이 필담의 일상 중 집 말고는 가장 오래 머무는 놀이터가 되었다. 덕분에 눈치 보지 않고 책벌레가 될 수 있었고.

그의 독서편력은 세계명작전집에서 만화책까지 편차가 심한 취향이었다. 심지어는 그날의 기분과 상황에 따라 1종 자동차 운전면허 기출문제지도 보는데, 그것은 후에 필담이 딜러로 성장하는 데 많은 선한 영향을 주었을 거라 짐작된다.

활자와 독자와의 물아의 경지라는 것이 있다면 이런 것 일거다.
어느 때부터였을까. 필담은 독서에 집중할 때면 이러한 현상을 종종 경험하곤 하였다. 그것은 일종의 착시 현상처럼 고도의 집중력으로 몰입할 때 책 속으로 빨려 들어가는 느낌 같은 것이다. 처음엔 활자들이 살짝 들썩이는 느낌이라고 설명하면 이해되실까. 활자들이 잠에서 깨어나 기지개를 피듯이 말이다.

그러다가 글자가, 문장이 들썩이며 움직이고 책 속의 인물과 상황들이 하나씩 입체감을 가지고 생생하게 달려 나와 필담에게 이야기를 들려주는 것이었다.

그러한 체험은 어린 필담이 책벌레 짓을 멈출 수 없도록 하는 큰 즐거움이었다.

형제서점엔 또 한 명의 붙박이가 있었는데, 서점 한 귀퉁이에 세를 들어 도장 파는 일을 업으로 하는 분이었다. 선인각. 그의 이름이다. 지금 카메라 앞에 앉아 미주알고주알 자신을 얘기하는 바로 그가 예전에 운영하는 도장 파주는 집 이름이기도 했다.

필담이 선인각의 이름을 들은 건 그 무렵이었다.

술시 무렵이 되면 동네 터줏대감 아저씨들이 우르르 "선씨!" 하고 부르며 등장하였고 "인각인 아직 안 나왔나?" 하며 눈에 보이는 그를 짓궂게 부르곤 했었다. 한쪽 눈에 돋보기를 꽂고 도장을 파거나 혼자 뭐라 홍얼거리던 선인각과 필담의 접촉은 그 일이 있기 전까지는 전무하였다.

어느 날이었다. 일찌감치 형제서점 주인은 낮술집으로 사라졌다. 최근 새로 들어온 책을 보고 싶은 마음에 한참 전부터 몸이 근질거리던 참이었다. 필담은 며칠간 씨름하던 도스토옙스키 전집 중 하나인 '악령'에 집중할 수 없었다. 이럴 때 좋은 방법은 눈알을 굴리며 읽어가는 속독으로 돌입하는 것. 마지막 페이지까지 단숨에 읽어 버린 필담은 긴 숨을 몰아쉬고는 손에서 악령을 떼어 버렸다.

늦은 오후 햇살이 들어오는 시간은 그가 아껴 두었던 책을 보는 시간이다. 서쪽 창가는 그가 가장 좋아하는 장소였다. 오늘 그가 꽂힌 책은 12권이 한질로 출간된 자연도감이었는데, 고급지에 질감 있는 채색으로 나온 것이었다. 가치를 모르는 누군가 기꺼이 엿과 바꿔 먹으려고 저렴하게 넘겼을 것이다.

필담은 한 권을 집어 손에 침을 묻혀가며 한 장씩 넘기고 있었다. 그 페이지엔 사진과 그림이 뒤섞여 있었고, 나비수집가는 석주명 박사였다. 그가 명명했다는 낯설고도 친숙한 이름의 나비들이 페이지를 연달아 가득 채우고 있었다.

필담은 맛있는 과자가 한 개씩 없어지는 것을 안타까워하는 마음으로 한 장씩 넘겼다. 그것은 한마디로 몰입의 순간과 같은 것이었다.

그 순간 그림책 속의 이미지가 들썩이기 시작했다. 필담의 작은 입술에서 나지막한 탄성이 흘러나왔다. 어느 순간 눈앞엔 온통 나비들이었다.

몸 전체가 검은색인 굴뚝나비, 날개가 투명하여 유리창나비, 날개 짓이 심하다하여 떠들썩 팔랑나비, 호랑나비, 제비나비, 모시나비, 배추흰나비, 시골처녀나비, 봄처녀나비, 남방부전나비, 각시멧노랑나비, 수풀알락 팔랑나비, 시가도 귤빛 부전나비….

다 외울 수도 없는 낯선 이름과 그 이름에 맞춤인 나비들의 이미지가 들썩이며 그림 속에서 막 빠져 나오려 애쓰기 시작한다. 그 중 흰돛단배나비 한 마리가 더 이상 참지 못하고 지면에서 살짝 날아올랐다. 그러더니 햇살을 더듬어 우아한 날개 짓을 보이며 책방의 허공 속으로 날아 올라가는 것이다. 나비의 날개 짓은 먼지 소복이 쌓인 오래된 책들 사이를 넘나들었고, 그 자유로운 유희를 숨죽이며 보는 필담의 심장은 놀라움과 신기함으로 꽁닥거렸다.

이런 상황은 그도 처음 보는 것이었다. 여느 때는 그저 활자들이 들썩이고는 말았다.

그는 너무 독서에 몰입해 자신이 헛것을 보는 것인지 모른다고 생각했다. 어쩌면 그 나비는 열려진 창문이나 헌책 어딘가에 묻어 있던 유충의 알에서 부화된 것일지도 모를 일이었다.

서점 안을 자유로이 유희하던 나비는 그 다음, 도장을 파고 있는 선인각 아저씨의 반백의 머리 위에 사뿐히 내려앉았.

나비의 날개 짓을 따라 눈과 귀를 집중하던 필담은 작게 한숨을 내쉬었다.

들킬까?

그때였다.

"어느 에미나이가? 나비 함부로 날리지 말라우!"

나비가 선인각의 머리 위에 내려앉고 난 잠시 후 들린 소리였다. 처음으로 선인각의 목소리를 육성으로 들었던 것도 같다. 낯선 평안도 사투리였다. 소리는 들렸지만 인각의 입술은 전혀 달싹거리지 않았다. 마치 복화술사 같았다.

환청을 들은 것일까? 인각은 파던 도장을 내려놓고 안경을 벗더니 그제야 필담을 바라보았다. 마치 관상쟁이가 처음 온 손님의 얼굴을 찬찬히 뜯어보듯이.

 도장집의 이용객은 많지 않았다. 그도 가게 문을 성실히 여는 건 아니었다. 몰아서 며칠 일하다가 또 며칠 자리 비우기를 반복하는, 한마디로 내키면 나오는 식의 출근이었다. 그와 소년은 부딪히거나 말을 섞을 일이 전혀 없었다. 서점주인이 자리를 비워 필담이 오래 머물러 있어도 각자 하던 일을 하면 그뿐. 내성적인 아이가 남자 어른에게 굳이 가까이 갈 일도 없었고 말을 섞는 건 더욱 그의 성격에 당치 않은 행위였다.
 더구나 도장은 소년에겐 필요 없는, 관심 밖의 물건이었다.

 "저녁술을 놓은 아이들은 외양간 옆 밭마당에 달린 배나무 동산에서 쥐잡이를 하고 숨굴막질을 하고 꼬리잡이를 하고 가마 타고 시집가는 놀음 말 타고 장가가는 놀음을 하고 이렇게 밤이 어둡도록 북적하니 논다." (백석의 시 '여우난골족' 중에서 일부인용)
 대략 이런 소리가 필담에게 또 들렸다.

 "내 말이 들렸나보구나. 놀라지 말라우. 내래이 좋아하는 시귀

지비."

 그가 표준말을 사용할 때는 영 딴 사람같이 느껴졌다.

 "내가 태어난 곳이지. 평안도 정주에서 나고 자랐지. 내 머릿속 말은 온통 그때 기억이라서. 이남에 내려온 지 오래 돼 지금은 표준말이 자연스럽지."

 어느새 나비는 눈앞에서 사라졌다. 다시 곤충도감 안으로 들어간 것일까?

 "별거 아니란다. 놀라지 말라우. 흔히 있는 일이지비, 능력자들이. 몰입을 하면 보이고 들리는 현상이지."

 팩스로 전송된 문서가 종이 위에 그 내용을 정확히 보여주듯이 필담은 그것을 들을 수 있었다.
 '이게 무슨 상황이지? 나비가 이 남자의 마음의 소리를 전달 해 준 건가?'
 다시 인각은 아무 일도 없던 듯이 도장 하나를 마무리하기 시작했다.

조금 친절함이 묻은 목소리로 필담에게 말을 건네기 시작했다.

"너는 귀한 재주를 가지고 태어난 것 같구나. 나비는 아무한테나 날리는 것이 아니다. 꼭 필요할 때만 써야 하는 게지. 그게 능력자가 갖추어야 할 필수덕목이다. 그래 니 이름이 모냐? 아저씨가 도장 하나 파주고 싶구나. 지금은 별 쓸모없겠지만 어른이 되면 서너 번은 중요하게 써야 할 일이 생기는 물건이지."

작업을 마친 도장의 표면을 후후 불어 잔 먼지를 제거한 후 붉은 인주를 꾹꾹 찍어 종이 위에 내리 찍었다. 염상수라는 이름이 흰 종이 위에 붉고 선명하게 찍혔다. 그것을 요리조리 뜯어보고는, "잘 파졌네!"

그는 만족스런 미소를 띤 후 완성된 도장을 서랍에 넣고는 자리에서 일어났다. 그리고 뭔가를 찾을 요량으로 서가에 책장 사이로 걸어 들어갔다. 마치 귀중품 보관함의 번호를 기억해 내듯이, 신중하게 다이얼을 맞춰 금고문을 열 듯이 책들의 무덤 숲을 헤치고 들어갔다.

엉뚱하게도 필담은 그가 손오공과 친구들의 무리를 이끌고 괴물들을 향해 떠나는 삼장법사 같이 보였다.

몇 겹으로 쌓여 단단한 탑처럼 올라간 책의 무덤에서 그가 원하는 무언가를 찾는 건 시간이 좀 걸리는 일이었다.

선인각이 헤매고 있는 곳은 고서들이 쌓여있는 곳이었다. 아직 필담이 진입하기 어려운 분야다. 한자도 잘 모르거니와 종종 팔리곤 했던 책인지라 책방주인이 아끼는 눈치여서 가까이 가는 것이 조심스러웠다. 그 고서 중 몇 권은 아주 비싼 가격으로 흥정되는 것을 본적이 있었다.

"그 능력은 말이다…, 누군가를 이롭게 할 수도, 해롭게 할 수도 있지. 나는 오랫동안 그걸 가지길 원했으나 아직은 그런 능력자를 알아볼 수 있을 뿐이다."

선인각은 깊숙이 꽂혀있던 낡은 고서 한 권을 들고는 필담 앞에 펼치더니 친절히 설명하기 시작했다.

"이 책은 너와 같은 능력이 있었던, 오래전 이 땅에 살았던 남자의 일기와 같은 것이다"

 '황가일지'라고 하였다. 그 책을 본 것은 그때가 처음이었다. 쪽 고른 단정한 한자가 적힌 책의 표지가 선명하게 눈에 들어왔다.

 "이분은 8개의 잣가지로 모든 세상의 물상을 맞추어 알 수 있었다고 하는구나. 각자의 성향에 따라 그 방법이 다른 거겠지. 지금 너의 머릿속이 나비로 가득 차 있어 잘 들리지 않겠지만. 이 양반은 그 괘를 통해 세상의 비밀과 인간의 길흉화복을 감지할 수 있었던 능력자였다."

 설명은 계속되었다.

 "그 능력이 운명을 바꿔 놓을 수 있다는 것이고. 죽을 사람을 구하고, 가난한 사람에게 돈벼락을 내려줄 수도 있고 나라를 망하게 할 수도 있으며 원한다면 사람들의 마음을 얻을 수도 있다는 것이다."

 조숙했지만, 겨우 열두 살 아이에게 그의 이야기는 도통 귀신

씨나락 까먹는 소리로만 들렸을 것이지만 경청하는 태도만큼은 진지했다.

"허나 이 능력은 자신만을 위해서는 사용할 수 없는 거란다. 이 수기를 쓴 주인공은 자신을 위해 사용한 대가로 말년이 몹시 아프고 괴로웠다고 하는구나. 그래서 그 참기 힘든 두통의 괴로움 속에서 이 수기를 쓰게 된 거라고 적혀 있구나. 운명을 거래하는 장사꾼의 운명이겠지."
…
"남의 기억을 사서 다른 이에게 팔 수 있고 그것을 중계할 수 있을 뿐이고. 대가는 소소한 거간료 일거야. 그러나 굶지는 않을 것이다. 부지런하게 일을 찾아다닌다면. 그러나 큰돈을 벌수도 없고 명예를 얻을 수도 없으며… 니가 그 능력을 거부하고 싶다면 방법은 있단다. 그 방법도 여기 써있구나. 그 방법은 말이다. … 듣고 싶으냐?"

어린 필담은 문득 운명이니 뭐니 이런 말에 본능적으로 와락 거부감이 생겼다. 어린애가 듣기엔 불편하고 난해할 뿐이었다. 열두 살의 아이에겐 희망, 미래, 꿈 그리고 나비… 이런 말이 귀에 들어오는 나이가 아닌가.

 "안 하면 되는 거 아닌가요. 운명이 어디 있어요. 내가 안 가면 되는 거죠. 그 운명이란 길을."
 가만히 듣던 선인각은,
 "그럼 너는 무엇이 되고 싶은데?"
 "저는 이런 점방 하나 가졌으면 좋겠어요. 이런 곳에서 평생 책 읽으며 살면 좋겠어요. 햇살이 잘 드는 창문 쪽에 큰 책상 하나와 등받이가 있는 편한 의자에 앉아 햇살이 비치는 동안 내가 좋아하는 책을 읽으며 살고 싶어요."
 의외의 말에 선인각은 피식 웃음을 지었다.
 "너 그거 어디 책에서 읽은 거지?"
 애늙은이 같은 소리를 하는 아이가 귀여웠던 선인각은 그러나 웃음기를 거두며 자세를 고쳐 잡고 다른 책 한 권을 꺼냈다. 역시 낡은 고서였지만 표지에는 알만한 한자가 적혀 있었다.
 목숨〈명〉에 이치〈리〉 비교적 쉬운 한자였다.

 "이 책을 보면 너의 운명의 길이 어디로 뻗어 갈지를 짐작할 수 있는 이야기가 적혀있다. 기록으로 남아있는 가장 오래된 점술책이다. 자 자 보자. 니가 71년생이라 했지. 그리고 음력으로 10월이고, 몇 일이라 했지?"

"11일요."

"자 보자. 여덟 개의 글자가 중요하다. 이것이 너를 묘사하는 한 장의 그림이라고 생각하면 되는 거란다. 그러나 그저 짐작할 수만 있을 뿐이지. 이 그림은 읽는 내 마음에 따라 다르게 얘기할 수 있는 일종의 추상화란다. 처음 날갯짓을 본 나비를 아무리 봐도 그 다음엔 어디로 날아갈지 잘 모르듯이 말이지. 보는 이 마음이 아닌 게지. 그건 나비 마음인 게지. 그래 여기 봐라. 이게 너의 운명의 이미지다. 말로 풀면 이런 말이다."

'서리를 밟고 가다 보면 단단한 얼음을 만난다.'

그때였다. 왁자지껄 낮술에 취한 동네 주당들이 선씨를 부르며 들어선 것은. 그 소리로 실내는 갑자기 소란스러워졌다.

아저씨는 그 말을 곱씹으며 뭔가 다음 얘길 해줄 듯 말듯 입술을 오물거렸다.

"니 이름이 뭔지 아즉 말해 주지 않았구나."

"손필담."
"아주 좋은 이름을 가졌구나. 내 기억해두마."

몰려온 술친구들의 설레발에 못 이기는 척 자리를 뜨며 아저씨는 뒷말을 흐리더니 주제를 확 바꾸는 것이었다.

"아저씨가 도장은 낼까지 파놓을 테니 꼭 찾아가렴."

선인각은 조금 전까지도 한 아이에게 어떤 인생의 비밀 한 자락을 설명해주던 도사다운 진지함은 어디도 찾아볼 수 없이 해사시한 미소를 띠며 술친구들을 따라서 골목 밖으로 총총히 사라졌다.
서점 안도 어느새 어둑해졌다. 책방 안에 어린 필담은 혼자 남겨졌다. 골목 안 뛰놀던 몇몇 아이들도 집으로 돌아갔는지 조용했다. 밤의 창가, 적막해진 고서점의 내부를 감싸고 있는 오래된 종이향은 이 시간이 되면 더욱 짙어진다.
필담은 더 이상 보던 그림책을 볼 맘이 없어졌다. 꺼내 놓았던 책들을 제자리에 돌려 꽂아 놓고 가는 것은 오래된 그의 습관이고 다시 찾아 올 이곳에 대한 예의였다.

이제 집으로 돌아가야 하는데 자꾸 뭔가 그의 발목을 잡는 느낌이었다.

급히 나가느라 정리 안 된 선인각의 책상 위에 '황가 일지'가 덩그러니 놓여있었다. 비교적 정갈한 선씨의 공간이었지만 오늘따라 그도 뭔가에 홀렸는지 바쁘게 친구 따라 가느라 제대로 책상 단속을 못 한 것이다.

소리새가 병아리를 낚아채듯 필담은 그 책을 가슴 안에 품었다. 그리고 형제서점의 미닫이 유리문을 부서질 듯 힘차게 닫고는 도망치듯 빠져나왔다.

그날 서점에서 훔쳐 나온 것은 그것만이 아니었다. 사라졌던 나비는 어느새 소년 필담의 떠꺼머리 위에 얌전히 내려앉아 있었다. 아무도 모르는 사이 조용히 운명처럼. 그리고 그날이 그곳을 찾은 마지막 날이 되었다.

****

"그 아이가 내가 만난이들 중 가장 어린 능력자였지요.

아하, 한 명이 더 있었지. 그날 서점에서 우리 둘의 즐거운 현장을 우연히 본 아이가 한명 더 있었다는 것을 나중에 알게 되었지요. 목격자가 있었던 셈이지. 클클클"

"그 후로는 손필담이나 그 또 다른 아이를 만나지 못했나요?"
잠시 쉬어가자는 인터뷰어의 요청에 마이크를 정리하던 카메라맨은 툭 질문을 던졌다.

"아니지요. 물론 만났지요. 우리는 그냥 스쳐갈 수 있는 인연의 사람들이 아니었지. 내가 판 도장은 꼭 주인을 찾아가야만 한다오. 주인 없는 도장은 없지요. 아주 우연한 장소에서 나는 소년, 아니 이미 훌쩍 커버린 청년을 만났지요. 우린 어제 헤어진 관계처럼 즐거운 술자리를 가졌다. 더 이상 그 아이는 내성적인 소년이 아니었어. 아주 호탕하고 즐거운 그 애와 오랫동안 알고 지내온 술친구처럼 그날의 이야기를 나누었다우. 그때 들었지. 훔쳐간 책과 그 이후의 이야기를…. 그런데 더 이상은 얘기를 안 하더군요. 영업비밀이라고. 미루어 짐작컨대 나름 독특한 방법으로 딜러를 하고 있는 게 분명했지. 순식간에 나비를 날릴 수 있는 힘은 어떤 딜러도 하기 어려운 솜씨였지.
그 후 몇 년이 지나 칸이라는 프랑스의 아름다운 도시에서 우연히 다시 만났을 때 그 청년은 도장을 아주 잘 사용하고 있다고 하면서 그 도장을 사용한 문서에는 어떤 힘이 생긴다며 며칠간 그에게 융숭한 대접을 받았지. 도장 값이라면서. 그때부터일게여 아마도. 나를 '싸부'라고 부르겠다더군. 그래서 내가 말했지. 뭔 싸부… 그냥 싸붕이라고 하라고. 당시에 한참 분쟁으로 초토화되어 있는 전쟁지역을 돌다 간신히 빠져나온 내 모습이 딱 그거였거든. 몸도 마음도 그랬어. 흉터를 싸다만 붕대처럼 말이지."

인터뷰어는 칸에서의 일에 관심을 보이며 더 필담과의 이야기를 듣고 싶어 했다.

칸에서 흥행할 만한 영화의 판권을 사거나 팔기 위해 온 필담은 선인각과 만나 몇 날 며칠을 함께 보내면서 자신의 특별한 능력을 깨달은 것 같았다. 그래서 그를 싸부라고 부르겠다고 했다는 것이다. 어쨌든 필담은 그 무렵부터 자신에게 진정한 딜러의 능력이 있음을 깨닫고, 그 느낌으로 대박 날 외국영화를 잘 골라 사서 한국에서 큰 부자가 되었다. 그것이 그의 현실세상에서의 마지막 거래 물건이 되었다는 것이다. 그 후로는 더 이상 눈에 보이는 물건의 거래에 관심이 생기지 않게 되었다고 한다.

"그건 능력을 자각한 자들의 일종의 후유증 같은 걸까요? 일상의 부귀영화가 좀 소소하게 여겨지는 거라거나."

카메라맨은 물었다.

"뭐, 그렇다고 할 수 있지. 자신이 굉장히 대단해 보여서 세상 질서의 한축을 담당할 수 있다고 착각하기도 하고. 나도 그랬었지. 필담은 그때 번 돈으로 유럽의 여행지들을 어슬렁거리다가 아랍으로 튀어버렸어. 그 뒤로 몇 년 보이지 않았는데, 분쟁이 있는 지역을 돌며 많은 무용담을 거래할 수 있게 성장했지. 어쩌면 나를 보는 것 같아. 나도 그랬거덩 헐헐헐…."

그의 웃음소리만큼 그가 하는 말들이 헐겁게 느껴진다고 인터뷰어는 생각하며 그 다음 이야기를 은근히 종용하듯이 빼놓았던 마이크를 그에게 다시 부착했다.

"필담과 그 우연히 목격했다는 아이는 그 후에 다시 만나게 되었나요?"

선인각은 처음으로 즉답을 피하고 마이크를 달아주는 이를 찬찬이 들여다보았다

"그래, 진선생에게서 나를 소개받았다고 했지요? 그를 마지막으로 만나 본 분이라고 하셨지요. 그도 인터뷰 했다고 했나요? 나도 그처럼 대할 생각이신가?"

카메라맨도 즉답을 피했다.

"그런 셈이죠. 그 직후에 돌아가셨다고 들었습니다. 두통으로 고생을 많이 하셨다고 하더군요. 이게 그 일의 후유증인가 봅니다."

강피디는 모자를 들어 올리며 선인각을 똑바로 쳐다보았다. 맑은 눈이었다.

"진선생과의 인터뷰에서 가장 재미진 건 뭐였던가요?"
"그건… 별 얘길 안하셨습니다. 기억하는 게 별로 없다고 하며 얼마 전 선생님에게 다 팔았다고… 선인각에게 물어보라고 하더

라고요."

"허허 그분도 참…. 곱게 죽을 것이지 내게 책임을 떠넘기고 가셨구먼."

선인각은 옷섶의 마이크 핀을 풀며 안주머니에서 항공 티켓을 꺼냈다.

"3시간 후엔 비행기가 뜨는데 갔다 온 후에 인터뷰를 계속 하면 안 될까요? 아무래도 공항까지 가는 시간에 대기시간을 생각하면 시간에 빠듯하겠구먼."

강피디는 완강한 선인각의 제스처에 어쩔 수 없다는 듯 핀 마이크를 건네받았다. 여행 후에 인터뷰가 이어지길 기대하겠다는 그의 얼굴엔 아쉬움이 가득히 번졌다.

003

•

업종변경

　이촌동의 쭉 뻗은 한강변을 따라 달리는 것으로 상수의 하루는 시작된다. 규칙적인 트레이닝으로 다져진 단단한 근육질, 다종의 유산소 운동은 그가 건강한 신체를 유지할 수 있는데 한몫 했고 이 사회의 유능한 일꾼으로 무난히 진입했다는 표징이기도 하다.
　그는 다양한 물건을 거래해왔다.

　그가 처음 딜러로써의 자신감을 얻은 곳은 자동차 중고시장이었다.
　자동차를 좋아했던 그가 외제 자동차만 모아놓은 양재동타운에 펼쳐진 다종다양한 중고차에 눈을 돌린 건 우연이 아니었다. 이 매력적인 거래품목에 도전하고픈 마음에 당시 입사 1년차의 따뜻하지만 무료한 제약회사를 뛰쳐나왔다.
　결론적으로 그의 능력은 중고 외제자동차 시장에서 눈을 뜬다.

유감없이 능력이 발휘되면서 그곳에서 만난 고객들은 이후 그의 딜러라는 직업을 위한 기본 자산이 되어주었다.

물론 처음부터 그런 것은 아니었다.

우선 자동차를 소유하고 싶은 고객의 마음이 무엇인지를 파악하는 것이 중요했다. 한 달에 한 번씩 자동차를 바꿔 타는 사람에게 실용적인 면을 어필하는 것은 난센스다. 그들은 취미가 자동차 수집이고 신상 컬렉터로 일상의 즐거움을 얻는 부류들이다. 그걸 작은 자동차 모형으로 만족하는 사람일 수도 있지만, 능력 있는 재벌 3세쯤 되면 진짜 굴러가는 차가 되어야 한다.

그러나 평생 처음 구매하는 자동차로 심사숙고하는 고객에게는 세심한 배려가 필요하다. 연비에 대해서, AS에 대한 용이함과 사후관리에 대한 중요한 포인트 그리고 가격을 어떻게 하면 조금이라도 저렴하게 살 수 있는지에 대해. 무엇보다 매일 아침 관심 가는 차종이 바뀌는 변덕스런 마음을 차분히 기다려 줄 필요가 있다.

오랜 고민 끝에 결국 처음 마음에 둔 차종으로 거래가 성사되더라도 절대 해서는 안 되는 말이 있다면 그것은 "그거 보세요 처음 생각이 맞으셨네요. 괜한 시간낭비를…"

뭐 이런 류의 말이다. 그냥 그들의 맘을 이해하고 "굿 초이스!"

하곤 엄지를 번쩍 치켜세워 주면 되는 것이다.

그렇게 만족스러운 구입을 한 고객은 조만간 다른 이를 연결시켜 준다. 이렇게 형성되는 관계들 안에서 상수가 상대해야 할 고객 명단은 늘어가게 되는 것이다. 그렇게 딜러로써의 유능함과 익숙함은 시간이 갈수록 조금은 클리셰한 딜러 캐릭터로 그를 고정시키고 있었다.

어느 날 60대 후반, 70대 초반쯤 되는 노부부가 그를 찾아왔다. 먼저 손님이 타고 온 차를 살펴보는 건 영업의 필수다. 그들의 운전성향과 자동차 취향을 알 수 있는 중요한 단서가 되기 때문이다. 그들이 타고 온 건 이십년도 더 탄 소나타 기종이었다. 잘 관리되어 있었다.

"우리가 결혼하고 첫아이 생길 때 이 차를 몰기 시작 했는데, 그 애가 시집가서 얼마 후 손주가 태어난답니다. 외손자 태울 안전한 차도 있어야겠고, 이참에 바꿀까 해요."

그들의 이유였다.

"이번에 바꾸면 우리 마지막 차가 될 거 같아요. 그래서 더 신중해지는구려."

"지금은 내가 주로 몰지만 몸이 불편해지기 전까지는 주로 아내가 몰던 차예요. 와이프가 아주 꼼꼼한 성격이어서 가계부 적듯이 차계부를 적었어요. 그래서 언제 부품교체를 해야 하는지 오일은 또 얼마나 자주 채워야 하는지를 잘 알고 관리를 해서 지금도 120키로는 거뜬하게 달려요. 자동차만큼 본인 몸 관리를 했어야 하는데 그만…."

할머니는 얼마 전 풍을 맞았다. 지금 많이 좋아졌지만 아직은 걸음이 불편한 느낌이었고 말도 어눌하였다.
'생의 마지막 차라…'
이럴 땐 상수는 더욱 신중해졌다. ***차는 아내의 로망이었다고 한다. 신중한 선택과 배려 속에 두 사람은 마음에 드는 중고외제차를 적당한 가격에 선택할 수 있었다. 문제는 그 다음이었다.

그들은 25년을 몰던 차를 어찌 해야 하는지 물었다.

관리가 잘하셨지만 구입 당시 이미 중고차였기에 이젠 폐차장으로 가는 수순이라고 상수는 별 고민 없이 폐차를 권했다.

그때였다. 말없이 조용히 남편의 결정을 지켜보던 할머니의 표정이 일그러지기 시작했다. 처음엔 화장실이 급해 그러려니 했다. 그녀가 울기 시작했다. 어깨를 들썩이며 고개를 흔들며 우는 아내에 당황한 남편은 그런 아내를 밖으로 데리고 나갔다. 그리고 주차장에 세워둔 그들의 차에 아내를 태웠다.

상수는 순간 그들의 마음이 무엇이었는지를 알 수 있었다. 25년 동안 발이 되어준 자동차는 그들에겐 가족이었다. 그냥 폐차할 고물 자동차가 아니었다.

그것을 깜빡했던 것이다. 차안에서 아내의 마음을 진정시키고 나온 남자는 자동차 딜러에게 폐차를 결정했다고 했다. 아내가 상심이 큰 것은 지금 그녀의 몸이 안 좋기도 하거니와 이 자동차 안에서 보낸 많은 세월 때문이라는 것이었다.

상수는 그날 장사를 접었다. 그리고 노부부를 뒤에 태우고 그들의 차를 직접 운전을 하여 드라이브를 나섰다. 자동차 폐차식을 위한 준비는 그렇게 시작하였다.

우선 양수리 코스는 그들이 이 차를 처음 사서 몰고 나갔던 추억의 장소다. 아내는 이미 배가 불러왔고 곧 태어날 아이를 위해 무리해서 차를 마련하였다고. 넉넉지 않은 신혼살림이었다. 새 차를 뽑지 못해 미안하다는 남편에게 거의 새 차 같다고 아내는 좋아했었다. 그리고 아내는 작은 은빛 십자가를 앞창 미러에 매달았다. 성모님의 가호가 있기를 바라며.

"아내와 나는 종교가 없었어요 하지만 그래도 그게 좋았어. 보기만 해도 안전하다는 느낌이었지. 우리의 결혼생활도 그러기를 바라는 마음이었지.

돌이 지난 첫딸을 태우고 처음 갔던 여행지는 춘천 호반이었다오. 아이는 호반에 떠 있는 오리 배를 보고는 깔깔거리며 큰소리로 웃었지. 아이가 그렇게 크게 웃은 건 태어나서 처음이었어요. 우리도 그걸 보며 따라 웃었지."

그렇게 셋은 물오리 위에서 찍은 사진으로 가장 행복했던 한때를 영원히 남길 수 있었다. 그 사진은 운전석 햇빛가리개 뒤에 얌전히 붙어 있었다. 그들만의 약속이었다고 한다. 화가 나거나 모든 걸 때려 치고 싶은 힘든 날이 오면 이 사진을 보고 넘어가자고.

차안의 곳곳엔 상처의 흔적이 남아 있었다. 좌석의 시트에 아이들이 커가며 남긴 상처와 흔적들도 보였다.

사춘기를 어렵게 넘긴 아이들의 이야기, 직장에서 밀려 긴 실직의 시기를 보낸 남자가 좌절의 시기에 남긴 흔적도 있었다. 무엇보다 삼중 충돌사고에도 엔진은 무사했고 두 부부도 크게 다치지 않았던 일은 이 자동차의 고마움을 다시 한 번 확인시켜 주었다.

"그때 수리된 자동차를 보았을 때 낯설었다오. 사람으로 치면 전신성형 해 준거나 마찬가지지." 라며 웃었다. 그렇게 부부의 이야기는 계속 이어졌고 상수는 그들의 말에 경청하며 함께 감동의 시간을 보내는 일일 운전사였다.

굳이 함께 가겠다는 그들과 의정부 외곽에 자라 잡은 폐차장을 찾았을 때는 석양 무렵이었다. 그곳은 한마디로 자동차의 무덤이었다. 버려진 자동차는 필요한 부품들을 빼고 난 후 압축되어 납작한 고철로 만들어진다. 그것은 다시 녹여져서 기계의 부품으로 재탄생될 것이다. 자동차와의 추억을 나누는 드라이브를 통해 충분히 위로를 받은 부부는 그럼에도 그곳의 황량한 풍경에 적지 아니하게 충격을 받은 분위기다. 그래서 그들이 이곳에 함께 오지 않기를 바랐다. 이번에는 남편이 더 당황스러워하는 것 같았다.

안경을 벗고 눈가를 닦아낸 할아버지는 자동차 안에 남은 물건은 모두 걷어냈고 마지막으로 십자가 목걸이를 떼었다. 그들만의 간단한 기도식도 거행했다. 저물어가는 석양에 노부부의 두 손을 모은 기도는 또 한 장의 사진이 되었다.

폐차서류 수속도 마치고 차는 이동을 위해 거대한 기중기에 태워졌다.

그때였다. 상수는 잠깐 진행을 멈추게 했다.

차의 앞쪽 트렁크를 열고는 작은 나사 하나를 떼어냈다. 그리고 그것을 십자가 목걸이에 매달았다.

"선생님 깜빡 잊을 뻔했어요. 이게 저 자동차의 영혼과 같은 핵심 부품입니다. 가끔 오래 타던 자동차와 이별이 힘든 고객들을 위해 새로 구입한 자동차에 메달아 드립니다."

물론 이건 상수가 즉석으로 만들어낸 이야기였다. 자동차에 영혼이 있다는 건 그야말로 뻥이었고 말도 안 되는 거였지만 그게 위안이 되는 사람들이 있다.

그런데 그 순간 할아버지의 얼굴이 환해졌다. 그의 깊은 주름에 핀 미소가 품격과 여유를 주었다. 굳어진 마음이 스르륵 풀리는 것을 볼 수 있었다. 상수는 그 부품 나사를 매단 목걸이를 남자의 손에 꼭 쥐어 주었다. 그렇게 그들은 오래 정들었던 자동차와 이별식을 끝냈다.

그 후 노부부는 뒤 좌석에 예쁜 손자를 태우고 필담을 만나러

왔다. 물론 그 차안엔 오랜 연인이었던 소나타의 영혼이 가볍게 매달려 빛나고 있었다.

이 거래 이후 상수의 상담과 거래는 더욱 깊게 상대를 대했고 성숙해졌다. 자연스레 성사률과 만족도가 높아졌다. 그때 상수는 알았다, 사람의 마음을 얻는 것이 바로 딜러의 가장 중요한 미덕임을.

'아는 것은 좋아하는 자만 못하고, 좋아하는 자는 즐기는 자를 이기지 한다.'

그가 즐겨 인용하는 논어의 한 구절이다. 상수는 그렇게 딜러로써의 일을 즐기고 있었다.

그의 주 종목이 주식으로 바뀌었다.

주식 딜러가 된 것은 정말 우연한 고객과의 인연 때문이었다.

케이는 상수의 VIP 명단 상위 몇 명 안에 있는 고객으로, 최근 자신이 보유한 3대의 외제 자동차를 팔겠다고 했다. 케이는 여의도 증권시장의 숨은 고수로 알려진 젊은 주식 딜러다. 그가 소개한 손님들도 많았고 모두 상수의 고객이 되었다.

그의 재정 상태에 대한 불안한 소문이 들려왔지만 상수의 고객관리의 원칙은 변함이 없었다. 지금도 그 차를 떠올리면 심장이

뛸 정도로 매력적이었다. 람보르기니 신형이었는데 색상은 어떤 차도 흉내 낼 수 없이 우아했고 그중 블랙베리가 가장 섹시했다.

케이의 오피스텔로 찾아 간 것은 조금 이른 아침시간이었다. 그 차를 팔고 싶다고 했다. 상수는 그를 위해 준비한 콩나물 해장국 포장을 내밀며 작게 탄식을 했다. 그만큼 그 차를 그가 아끼고 있음을 알았기에.

하루에 수백억이 왔다 가는 거래. 수십억을 벌기도 하고 잃기도 하는 증권가의 딜러들에게 돈은 그야말로 숫자에 불과한 일종의 이데아와 같은 거라고 했다.

"동굴의 이데아라고 아시죠? 그런데 유일한 실체는 뭔지 아세요. 그게 저 자동차예요." 라고 했던 말이 떠오른다. 그것만이 실재하는 것이다. 자동차의 소유 대수가 자신이 부자라는 현실의 표징 같은 거라고 생각했다.

그는 3대의 차를 가지고 있었는데 나머지 둘은 밴틀리와 포르쉐였다. 그런 그가 람보르기니를 제외하고 다 처분한 상황이었다. 그 모든 거래를 상수가 처리해주었고 차 한 대씩 그의 전용 주차장에서 빠져나갈 때마다 그의 행색은 조금씩 무너지고 있었다.

주식의 오전 장이 한창이었을 시간이었지만 그는 아무런 일도 하지 않고 오십 평 복층 오피스텔에 안락의자에 앉아 멍 때리고 있었다. 며칠 자지 않은 눈은 충혈 되어 있었고 얼굴은 초췌해보였다.

  그는 블랙베리 람보르기니를 파는 조건을 담담히 꺼냈다. 급전을 얘기했고 잔금은 언제까지 보내 주고 차는 이튿날 가져가길 원했다. 그와의 인연으로 봐선 충분히 납득할 수 있는 부탁이었다.
  다음날 약속대로 차를 인수하기 위해 그의 오피스텔을 찾아갔다. 이번엔 콩나물 대신 선지 해장국을 포장해서 오피스텔 문을 두드렸다. 그는 나오지 않았다. 이미 알고 있는 비번을 눌렀다. 문이 열렸고 며칠 전 방안의 풍경과는 사뭇 달랐다. 아무것도 남아 있지 않았다. 이미 그는 떠난 뒤였다. 상수 앞으로 편지 한 장이 남겨 있었다. 누가 봐도 알 수 있는 곳에 놓여 진 편지에는 상수가 준 자동차 계약금이 본인이 이생에서의 마지막 가용할 수 있는 돈이 될 것 같다는 것과, 고마움을 어찌 보답해야 할까 생각하다가 빚을 갚을 방법으로 종목 하나를 찍어 주니 그것에 투자해보라는 내용이었다. 상수에게 남긴 유서 같은 것이었다.
  주식의 주자도 모르는 상수는 기분이 묘했다. 그동안 그가 도움을 준 인연들 중에서 이렇게 뒤통수를 친 건 처음 있는 일이었다. 그리고 며칠 후 경찰에서 연락이 왔다.

그는 자신이 가장 아끼는 차 안에서 시신으로 발견되었다. 살해의 흔적은 없었고 그의 핸드폰에 남아 있던 마지막 번호는 상수에게 연락을 한 것이었다. 차와 오피스텔을 제외한 그의 모든 재산엔 이미 차압 딱지가 붙어 있었다.

사실 나도 그걸 몰랐던 건 아니었다. 그의 불량한 채무상태에 대한 파악을 안 한 건 아니다. 아무도 그런 그에게 돈을 빌려주지 않았고 그의 재정상태는 꽉 막혀 있어 어떤 물건도 팔 수 없는 상황이었다. 상수는 유일하게 그것을 알면서도 수천의 돈을 그에게 보내줬고 그 돈은 그의 이생에서 마지막 생활비가 되어준 것이다. 상수는 그가 그 돈으로 재기하기를 진심으로 바랬다.

죽음의 차가 되어버린 그것은 소문이 나서 누구도 그 차를 인수하려 하지 않았다. 결국 상수는 본의 아니게 람보르기니와 복층 아파트를 떠안게 되었고, 그는 그것을 정리하여 케이의 전처와 아이들을 위해 조금의 자선을 베풀 수 있었다. 그리고 남은 돈으로 그는 그 쪽지에 적힌 인천 가좌동의 아직 알려지지 않은 중소기업의 주식을 샀다. '묻지 마 투자'였다. 일종의.

죽은 딜러의 말은 적중했다. 얼마 후 그게 대박 주가 되었다. 작은 중소기업이었는데, 개발한 치매 예방을 위한 솔루션에 독일 제약회사가 투자하면서 회사는 상장되었고 휴지 조각 같은 주식은 수백 배 이익을 남기는 황금 종이가 되었다. 그 놀라운 사건은 상수가 중고 자동차 시장에서 지겨워질 무렵에 벌어졌고, 집중력 있게 주식 공부로 돌입하는 계기가 되었다.

그것이 상수가 한 첫 번째 배팅이었다.

그 후 상수는 케이수라는 가명을 썼고 그렇게 불렸다. 자살한 주식 딜러의 이니셜과 자신을 이름 중 하나를 합해 작명한 것이다. 그를 존중해서 붙인 가명이었다. 빠르고 짧은 시간 동안의 학습임에도 승률은 좋았다. 이전과 달리 돈을 운용하는 규모도 달라졌다. 죽은 딜러가 남긴 기록들은 그가 증권시장을 단기간에 공부하는데 도움이 되었다. 이전 업종의 브이아이피 중 몇 명은 그의 업종 변경에 관심을 보이며 돈을 태우기도 했다. 그렇게 여의도 입성 후 4년차. 그는 거부가 되어가고 있었고 그에 따라 그의 몸도 살이 붙어 거구가 되어갔다.

그런 그의 또 하나의 직업은 수학 과외 선생이었다. 학생은 7명을 넘지 않았다.

부모들은 대부분 그에게 돈을 투자했던 고객들이었다. 일종의 고객 서비스 차원에서 시작한 건데 학생들이 뛰어났던 건지 그가 잘 가르친 건지 수학 성적을 엄청 올려 주었다.

요즘도 상수는 마음이 어지럽거나 생각이 많아질 때는 미적분 문제를 풀며 실랑이를 벌이곤 하는데 어느새 복잡계가 아주 단순계로 바뀌며 마음에 평화가 찾아오는 경험을 한다.

그러던 어느 날이었다.

상수는 화장실 거울에 비친 한 남자를 만나게 된다.

나이 서른여섯에 수백억의 부자가 되었고 머리털은 성기고 탈모는 이미 많이 진행된, 불룩한 배를 쓰다듬고 서 있는 싱글의 남자, 바로 염상수 자신이었다.

통장의 돈만 꺼내 쓰며 살아도 죽을 때까지 쓰지 못할 수도 있다. 물론 어떻게 쓰느냐에 따라 하루 만에 날릴 수도 있다. 그냥 돈의 가치가 숫자로 보이는 것이 그의 요즘 삶이었다. 이런 망상 같은 잡념을 비우는데 최고는 난이도 높은 미분에 도전하는 것이다. 3일 만에 그 문제를 풀고 드디어 그는 본업과 부업을 둘 다 접기로 결정했다.

결심하는 순간 그의 행동은 번갯불이었다. 일상의 신변을 정리하고 집을 급매로 내놓고 가르치던 아이들에겐 인생의 교훈 한 가지씩을 들려주고 돌려보내며 받았던 세 달치 수업료를 그들에게 나눠주었다.

"너희들 이 돈으로 그동안 하고 싶었던 것 해봐! 니네 부모에겐 말 안할게. 10년후 쯤 우리가 우연히 길에서 만날 때 모른 척 하진 말자고."

그런데 마음에 걸리는 건 오피스텔을 매일 청소해주던 조선족 아줌마였다. 일용직으로 왔다가 그녀의 야무진 일손에 반해 단독 계약을 한지 일 년여. 어느새 그녀와 정이 들어 버렸다. 여자로써가 아닌….

상수는 그녀를 위한 마지막 선행의 방법이 생각났고 곧 실천에 옮겼다. 케이에게 자신이 받은 방식의 모방이었다.

며칠 후 그가 모든 짐을 정리하고 떠난 오피스텔에 들어선 조선족 여인은 하루 사이에 텅 빈 오피스텔과 함께 책상에 메모와 함께 놓여있는 상자를 발견했다. 그리고 발견된 메모 한 장에는 다음과 같이 적혀있었다.

 '미안합니다. 갑자기 떠나요. 퇴직금이라 생각하세요. 마지막으로 감이 오는 배팅을 알려드립니다. 천안 무수동에 있는 A사에 투자해보세요. 나의 판단으로 가장 핫한 곳인데. 아님 말고요. 이 모든 것은 당신의 판단에 맡기니. 성공한다면 동네에 마트 하나는 가질 수 있는 돈이 될 겁니다. 그동안 고마웠어요. 케이수'

 상자 안에는 상수가 가장 아끼던 순황금 거위상이 있었다. 상수가 처음으로 배팅에서 큰돈을 벌었을 때 기념하기 위해 주문 제작한 것이다. 상수의 부의 시작을 기념했던 첫 상징물이었던 것이다. 상수는 거위에서 벗어나 백조가 되기 위해서 난이도 높은 다이어트에 돌입했다. 그 기념으로 황금 거위상을 기꺼이 기부하기로 한 것이다. 이것을 그의 가까이에서 일상을 챙겨준 여인에게 주는 것이 가장 의미 있는 기부일거라 믿어 의심치 않았다.
 메모에는 추신으로 베팅은 단 한번으로 끝낼 것을 주의하는 말도 잊지 않았다.

 그 후 상수는 케이수라는 증권 딜러의 이름을 버렸다.

여의도 섬의 오피스텔 타운에서 벗어나지 않고 살았던 4년여의 시간을 보상받기 위한 심정으로 세계 일주 항공권을 구매했다. 그렇게 그는 전 세계를 돌아다녔고 여행의 즐거움과 향기로운 술로 3년여의 시간을 보내며 30대 후반의 역마살을 그렇게 넘기고 있었다.

무더위로 접어들기 직전의 6월 어느 날이었다. 긴 여행을 마무리 하고 다시 여의도로 귀환했지만 그는 아무런 계획도 생각도 떠오르지 않았다. 모든 것을 비워낸 여행이었다. 그 후에 찾아오는 진공의 상태랄까. 잠깐 사귀던 여자도 지겨워졌다. 결혼에 매달리는 그녀를 돌려보내고 벌렁 벤치에 드러누운 게 그냥 잠들어 버린 것이다.

처음에 꿈은 요란했다.
그 요란함 속에 어떤 고요함과 서늘함이 느껴지는 곳으로 발길을 옮긴 곳에 형제서점이 보였다. 그리고 소년은 그곳으로 발을 들여놓고 있었다. 변함없는 그곳. 한 소년이 책의 무덤과 같은 서가 한가운데 서 있다. 책 한 권이 스르륵 빠져나와 펼쳐졌고 도감이었다. 나비도감이었다. 사랑스러운 눈길로 빨아들일 듯이 그림

책을 보는 아이다.

 그러자 거기서 나비들이 팔랑거리며 빠져 나오기 시작했다. 이 모든 마법의 시간을 목격한 소년은 바로 자신이었다. 나비 한 마리가 소년의 손바닥 위에 사뿐히 내려앉았고 소년은 소중한 연꽃 모양으로 두 손을 모아 나비를 감싸 쥐었다. 그때였다. 나비를 날린 소년의 얼굴이 노인으로 바뀌고, 나비가 뜨거운 발광체로 변했다. 그 순간 놀라 이 모든 것을 몰래 지켜보던 상수는 눈을 뜬다.

 눈을 뜬 상수는 자신을 내려다보는 한 남자와 눈을 마주쳤다. 유월이지만 공원 숲속의 기운은 서늘했다. 살짝 한기가 느껴졌다.

"이봐! 도장 왜 안 가져갔어?"

 처음엔 꿈속에서 들려오는 소리라고 생각했다. 선인각, 그였다. 이십년 전 그날의 상황이 마치 어제일인 듯 그는 그리 변하지 않은 외모로 상수 앞에 도장 얘기 운운하며 모습을 드러냈다. 예나 지금이나 그는 중년을 넘어가는 아저씨였는데 그런 그를 보며 상수는 놀라운 몸 관리라고 생각했다. 그와의 재회가 이후 그의 삶을 얼마나 버라이어티하게 변화시킬지 전혀 상상하지 못했다.

메모리딜러 _ 63

"자네가 그 책을 훔친걸 나는 알았지. 내가 놔둔 곳에 없길래 자네가 가져갔다고 확신했었지. 그거 읽긴 했나."
"아하 그 '황가일지'요. 읽었습니다."
"진짜? 거짓말 마소. 그건 속빈 강정이었구먼. 글자도 없는 책을 무슨 수로 읽어. 원본은 이미 다른 놈이 훔쳐가 버렸지. 그래서 그 뒤에 책방주인에게 미안해 비슷한 걸 하나 만들어 꽂아 놨더니만 그걸 또 단박에 누가 가져간 게지."

맞다.
소중히 가지고 나온 훔친 책은 내용이 전혀 없는 백지뿐이었다. 히치콕 영화의 매커핀처럼 그 책이 그러했다. 상수가 우연히 목격한 장면에서 선인각은 소년에게 책속에 숨겨져 있는 뭔가를 인생의 비밀 한 자락 운운하며 설명하는 것을 보았다. 그러나 영화를 끝까지 보면 아무 의미 없는 서류 가방인 것을 알게 되듯이 그 '황가일지'는 그런 책이었다.

어린 시절 한나절의 강렬했던 기억이 선씨의 등장으로 마치 어제 일처럼 다시 의식의 수면 위로 올라왔다. 이십년 만에 재회, 그러나 상수는 오랜만에 만나 허물없는 삼촌에게 이야기 하듯 조잘 대었다.

"…실컷 돌아다녔어요. 수년 동안 안 가본데 없어요. 그러다 보면 생각날 줄 알았는데 여행에서 돌아왔지만 여전히 뭘 하고 살아야할지 계속 생각만 하고 있는 중입니다."
"뭘 하긴 뭘 해 운명이 이끄는 대로 살면 되지. 그만 생각하고 나한테 장사를 배우면 되겠구먼."

그리고 그는 상수에게 다짜고짜 팔 것을 내놓으라 했다.
"팔게 뭐지?"
'내가 저 사람에게 팔게 뭘까?'
뭘 팔라는 건지 알아들을 수 없다는 표정이 순간 입가의 작은 웃음으로 변했다.

"저의 여행지는… 부탄이었어요. 언젠가 잡지에서 읽었던 가장 행복한 사람들이 산다는 나라를 오래전부터 가고 싶었거든요. 그곳이 첫 여행지가 된 거죠. 거대한 공항을 가진 나라의 국민에게 부탄의 공항은 상상할 수 없는 작고 고즈넉한 곳이었죠."

이렇게 시작된 그의 이야기는 막힘이 없이 이어졌다. 그 이야기를 듣는 상대 또한 자세를 곧추 세우고는 이루 말할 수 없는 집중력을 보이기 시작했다. 해는 중천을 지나 서쪽으로 사라진 후에서야 그의 이야기는 끝이 났다. 하루를 일분으로 압축시킨 타임랩스 영상을 보는 것처럼 그들은 길었고 보는 이들에게는 짧았다.

선씨는 자신을 '싸붕'이라 부르라했다. 잘 못 알아들은 상수는 반문했다,
"싸부라고요?"
"아니 싸붕. 싸다만 붕대라고."
아하 그만큼 그의 외모를 잘 표현해주는 적절한 별칭이 있을까 생각될 정도로 적확한 이름이었다. '싸붕'은 그가 부탄의 수도에서 만난 어떤 여복 많은 남자의 이야기에 관심을 특히 보였다, 그는 그것을 팔라고 했다.
"어떻게요?"
하나 마나한 질문인 것을 물으면서 상수는 알 수 있었다. 그저 '예스'라고만 대답하면 거래가 성사 될 거라는 걸.

그는 기억을 판 대가라고 하면서 20년 전 만들었지만 찾아가지

않은 도장을 꺼내 건네주었다. 수십 년만에야 본래 주인에게 전달된 도장이다.

"앞으로 이게 자네의 징표가 될 걸세. 축하하네. 이것이 이 세계로 발을 디딘 자의 첫 거래 대가일세.

 도장 하나가 별거 아니라고 웃을지 모르지만, 이게 진짜 벼락맞은 대추나무로 만들었지. 그중 가장 핵심부위를 잘라내어 바닷물에 담가 놨다 꺼내길 수십 번 반복하여 단단해진 나무를 가지고 만든 걸세. 귀신들이 달려들어도 이만한 부적은 없을 걸세. 어려운 계약서에 이걸 쓰면 일도 잘 풀릴 것이고…."

 도장은 매끈하고 아름다웠다. 염상수. 이름 석 자가 아름다운 예서체로 고르게 새겨있었다.
 "아하! 우리 싸붕은 올드 해. 요즘 누가 도장을 찍는다고…."
 그는 웃음이 나오는 걸 참을 수 없었다.
 오랜만에 크게 웃었다. 그를 만난 기쁨의 웃음이었다. 그는 정말 사람을 엉뚱하게 웃게 하는 유쾌한 사부 아니 '싸붕'이다.

 수십 년 전, 도장을 찾기 위해 선인각을 찾았던 초딩 상수는 우연히 눈앞에서 벌어졌던 한 소년과 선인각이 연루된 기이한 현상을 목격하였다. 오래된 서점 안을 순간 가득 채운 나비와 다시 책 속으로 숨어 버렸던 그 모습을. 나비 떼는 책에서 나와 다시 책속으로 들어가 버렸다. 그 기억은 어린 상수의 뇌리에 꽂혀 오랫동안 사라지지 않았다. 아저씨와 소년 그리고 나비들은 어린 상수에게는 충격적인 판타지였을 것이다.

그러나 아이들이 어른이 되면 유년의 많은 기억이 수면 아래로 사라지듯이 그 후 어린 상수의 기억 속에서도 까마득히 잊혀 졌다. 그를 다시 만나기 전까지는.

상수는 인각과 다시 만남으로 자신이 앞으로 무엇을 해야 할지 본능적으로 알 수 있었다. 영혼의 배고픔으로 일찍 성숙해진 아이가 부모님께 '왜 나를 낳으셨소?' 라고 묻는 것이 무의미하다는 것을 깨닫는 순간처럼. 그럴 시간이 있다면 얼른 나가 밥을 구해야 하는 걸 안 거다. 싸붕은 그런 그의 성장을 알아차리고는 며칠간 즐거운 술자리를 가진 후 홀연히 그와 작별했다. 메모 한 장 남기지 않고. 아니 남기긴 했다.

목욕탕 거울에 치약으로 '나 간다' 라고 써놓은 것. 메모라면 그것뿐.

그가 떠나고 난 후 상수의 일상에 금세 변화가 찾아오진 않았다. 떠나기 전날의 마지막 술자리에서 싸봉은 손님이 곧 찾아 올 것이며 그를 잘 챙겨주면 좋을 것이라는 얘기를 했던 기억도 있고 하여, 상수는 며칠 자신의 핸드폰 관리를 잘 하였지만 별 조짐은 보이지 않았다. 아버지로부터 호출이 온 것은 그때였다.

아버지의 생명이 위급함을 알리는 소식이었다.

004

•

서랍이 하나뿐이었던 아버지

염상수의 아버지는 솜씨 좋은 목수셨는데 인생이 재미없고 좀 속마음을 드러내지 않는 미스터리한 분이었다. 그분은 벙어리라는 소문이 날 정도로 말이 없었다.

일찌감치 부모의 그늘에서 벗어나 가출한 상수가 아버지와 공유한 기억은 그리 많지 않았다. 그러나 단 하나 그 문짝은 잊을 수가 없었다. 아주 멋진 공작새가 새겨진 잘 짜진 자개문이었다.

내가 열 살 무렵이었나.

한번은 종업원이 어떤 까다로운 문짝 주문을 만나고 몹시 열을 받으신 적이 있었어요. 보다 못해 아버지가 직접 찾아가셨죠.

그후 아버지는 주문자가 원하는 문짝을 만들어주기 위해 최선을 다했는데 번번이 그 문짝은 문틀에 맞지 않았던 겁니다. 문이 매일 변하는 것이 아니라면 있을 수 없는 일이었죠. 그 주문은 일찍 상처하고 홀로 사는 분이 하셨는데, 혼자 아이를 키우며 옷 수선도 하고 만들기도 하는 그런 여자 분이었어요. 솜씨가 좋아 단골이 많았고 동네에서 흔히 볼 수 있는 작은 양장점을 하던 분이었어요. 다시 짠 문짝을 들고 그 집을 방문하기를 수차례. 이건 아버지처럼 솜씨좋은 목수의 할 짓은 아니었지만, 웬일인지 아버지는 그리 불편한 기색이 없으셨어요. 다른 때라면 아버지의 자존심에 견딜 수 없었을 일이었죠. 횟수가 거듭될수록 오히려 아버지의 표정은 온화해지고 발걸음은 가볍기까지 하셨어요. 그동안 아버지를 무심하게 봐왔던 엄마도 그런 변화를 알아차릴 수 있을 정도였지요.

마침내 그 절대 맞지 않을 것 같은 문짝의 납품을 끝낸 날이었어요. 나는 아버지가 목재를 쌓아 말리는 창고, 그 깊은 안쪽 구석에서 마치 누군가가 앞에 있는 것처럼 큰소리로 소리 내어 우시는 것을 보게 됐어요. 그 흐느낌의 내용이란 것은 대략 이러했지요.

'여보 여보 나는 어찌 살라고, 끅끅…'

뭐 그런 것 이었는데 자세하는 기억이 나질 않아요. 말수가 없어 진짜 벙어리가 되시는 게 아닌가 걱정스러웠던 나는 아버지의 목소리를 오랜만에 듣는 것이 놀랍기도 했고, 그게 하필 울며 내는 소리라는 게 그 다음으로 충격이었죠.

이유인즉슨 아버지는 그 과부를 사랑했고, 그녀는 엄마를 만나기 전 첫 인연이었던 분이었던 거죠. 그분과 다시 재회한 것이고 이제 그 인연을 끝내야 할 때가 왔다는 것을 아신 것이고 그것이 문짝의 최종 납품 날이었던 거죠.

우연히 과부 아줌마의 딸을 본 적이 있었는데 그 딸의 눈매가 아버지를 닮았다고 했던 것도 같아요. 그 후로 그 과부댁은 동네를 떠나 시내로 진출해서 꽤 큰 양장점을 운영했다는 소식을 들었던 것도 같아요. 동네구석에서 썩을 분은 아니셨던 게죠. 아버지는 아주 소심한 로맨티스트였습니다. 괄괄했던 엄마는 전혀 이해할 수 없는 사람이었던 거죠. 대합같이 입을 다물어버리면 그 마음을 쉽게 열 수 없는, 그래서 엄마는 평생을 외로워하셨지만 그게 바로 아버지였어요. 첫정을 잊지 못하고 살았던 분. 인생에 서랍이 하나밖에 없었던 분. 그 서랍 안에 그리움을 담아두고 사셨던 그런 분이셨죠.

상수는 자신의 성격이 그런 아버지와 가장 많이 닮았다며 웃었다. 그런 아버지의 위급함을 듣고 병원으로 달려갔다.

전 세계를 떠도는 여행을 마치고 돌아온 지 얼마 되지 않았기에 아버지를 찾아보게 된 것은 실로 수십 년만의 느낌이었다.

아버지는 2년 전 처음 발견된 암이 이미 온몸으로 퍼져 손을 쓸 수 없었고, 호스피스병동으로 옮겨 힘겨운 투병을 이어가고 계셨다. 오랜 간병 생활에 지친 가족을 대신하여 그가 잠시 아버지의 병상을 홀로 지키고 있었다. 새벽녘이었다. 조금 정신이 맑아진 아버지는 아들을 가까이 불렀다. 그건 아마도 죽음을 목전에 둔 이에게 우주가 허락한 잠깐의 시간일 것이다. 아버지는 살갑게 대하지 못했던 아들과 고요히 눈을 맞추었다. 자신과 닮은 개체를 세상에 두고 떠나는 이의 안심 같은 것일 수도 있고 또는 그것이 무엇이든 아버지처럼 살지 말라는 부탁의 눈빛일 수도 있겠다.

"수야! 아버지 점빵으로 들어와 살아라. 오래 비워둬 못쓰게 됐을 게다. 니가 하나하나 정리하고 거기서 생활을 했으면 좋겠구나. 정착하기엔 좋은 곳이다."

일찍 곁을 떠나 떠돌던 자식을 죽어서라도 가까이 두고 싶으신 심정인가?

상수는 고개를 끄덕였다. 여의도라는 섬에서 떠날 마음을 먹은 건 오래 되었으나 이상하게도 어디로 움직여야 할지 딱히 생각하지 못했던 차라 아버지의 방치되어있던 목재소 나무 향을 떠올리자 순간 마음이 편하기까지 했다. 죽음에 직면한 자의 지혜일까. 본능적으로 자식의 마음을 읽으신 아버지였다.

"수야! 아버지는 그자가 많이 보고 싶구나."

 엉뚱한 말이었다. 그러나 상수는 그자가 누군지 단번에 알아차렸다. 마음에 평생 하나뿐이었던 정인을 말하는 것을 알고 있었다. 다음 말을 이어가시며 아버지의 눈빛은 허공을 맴돌았다.

"다음 세상에서 그자가 나를 알아볼 수 있을까. 내가 너무 오래 살았구나."

 상수는 순간 난감하였다. 무슨 말을 드려야할지….
"아버지 당연하죠. 틀림없이 단박에 알아보실 거예요. 다음 세상에서 아버지와 만나고 싶어 하시는 건 그분의 마음도 같을 거예요"
"그냐. 그런데. 난 알아볼 재간이 없는데. 그자 얼굴이 기억이 안 나."

 암세포는 이미 뇌까지 전이되어 아버지의 기억은 급격히 사라지고 있었다. 아버지의 정인은 이태 전에 먼저 세상을 뜨셨다. 아버지는 그것도 기억할 수 없었을 것이다.

급격히 사라지는 아버지의 기억을 위해 상수는 거짓말이라도 해야겠다고 생각했다. 마지막 가시는 길을 편안히 보내드리는 게 자식의 도리일 거라 생각했다.

상수는 가만히 아버지의 머리에 자신의 손을 얹었다.

몸에 남은 온기는 서서히 식어가고 있었다. 아버지는 자식에게 전해줄 기억이 그리 많지 않았지만, 조용히 상수는 아버지의 낮아지는 숨결에 자신의 마음을 실었다.

상수는 아버지의 등을 기억하고 있었다. 그곳이 가장 든든하다고 생각했었던 시절이 있었다. 아버지는 자식에게 자신의 우는 모습을 들킨 그날을 기억하고 계셨다. 눈물을 멈추지 못했음을 수치스러워했지만 감추진 않았다.

그 후 아버지는 상수를 마주하길 불편해 한다는 것을 알고 있었다. 상수는 자신을 편하게 대하지 못하셨던 아버지의 마음을 알 수 있었다.

이제 상수의 차례다.

오사카를 여행하며 들었던 어떤 이의 실화를 아버지의 몸에 가능한 밀착하여 얘기하기 시작했다. 이생에서는 인연이 아니었던 정인을 떠나보낸 후 주먹을 꼭 쥔 채 죽은 남자의 이야기였다. 가족들이 그의 손을 펴보려 애썼지만 결국 그렇게 숨을 거두었다고. 먼저 저 세상으로 가신 분과 약속이었다고 한다.

이제 그 남자의 이야기는 아버지의 기억이 되었다.

"아버지 이렇게 오른쪽 주먹을 꼭 쥐고 계시면 돼요. 그리고 절대 피지 마세요. 그 분 만나기 전에는 펴지 마세요. 아버지의 주먹 쥔 손을 그분이 알아보실 거예요."

그렇게 아버지의 인생도, 사랑도 끝났다. 아버지는 오른손을 꼭 쥐시고 며칠을 편하게 보내시다가, 마지막 숨을 거두셨다. 오른 주먹을 쥔 채로. 상수는 임종 직후 입가에 머문 편안한 미소를 보며 아버지와의 거래는 성공적이었다고 확신했다.

그때서야 싸붕이 말했던 곧 찾아올 첫 손님이 아버지였음을 깨달았다.

생의 마지막 몇 달을 아버지는 호스피스 병동에서 외롭게 보내시면서 그가 붙잡고 기댈 것이 하나도 없는 상태였었다. 아내가 위로가 되지 않았고 자식들도 마찬가지였을 것이다.

아버지는 자신의 순정이 담긴 오롯한 사랑의 기억을 필담에게 팔았다. 그리고 상수는 아버지의 마지막 가시는 며칠 동안 혼자 넘어야 하는 지독한 외로움을 견딜 수 있는 영혼의 비타민과 같은 기억을 드린 셈이 되었다.

상수는 장례식장을 찾아온 지인에게 이렇게 읊조렸다.

"나는 아버지를 외롭게 보내 드리고 싶진 않았습니다. 며칠 후 저의 꿈에 아버지가 나타나셨어요. 아버지는 정인이었던 분을 보자 꽉 쥔 오른쪽을 펴서 내밀더군요. 그리고 두 분은 손을 꼭 쥔 채로 나에게 반가워라 하며 손을 흔들어 주었습니다."

005

•

아버지의 목재소

 상수는 아버지의 유언을 따라 목재소로 거처를 옮길 양으로 오랫동안 문이 닫혀있던 그곳을 찾았다. 특별히 간판도 없이 40여 년을 운영하였던 낡은 동네 점빵이었다. 자식들이 모두 집을 떠난 후엔 이곳의 한쪽을 자신의 거처로 만들어 사셨다고 한다. 꼼꼼한 목수였던 아버지의 정리 벽은 세월이 지나도 여전히 그 가치를 발휘하고 있었다.

 나무는 세월을 보내며 습과 건의 과정을 거쳐 단단해지고 견고해진다.

 그렇게 오랜 시간의 숙성을 거친 목재로 짜인 가구라야만 뒤틀리지 않고 잘 유지될 수 있다고 아버지는 말했었다.

 아버지의 눈물을 보았던 창고는 깔끔히 정리된 채 세월로 부터 비껴 있었다. 비전문가가 보기에도 아름다운 목재들은 아직 쓰임을 당하지 않은 채, 고고하게 세월을 머금고 잠들어 있었다. 만들다 만 가구들도 눈에 띠었다. 중고등학교 시절 아버지의 작업실을 들락거릴 때부터 사용하던 연장들이 여전히 녹슬지 않은 채 남아 있었다.

지금이라도 문을 열고 들어서며 장난치지 말고 나가라며 툭 던지던 무뚝뚝한 아버지의 말과 서늘한 눈매가 들리고 보일 듯 했다. 그 모습에 기죽어 나무 몇 개를 장난삼아 놀던 상수는 부리나케 그곳에서 도망치곤 했었다. 그래서였을까. 상수는 아버지의 재능은 물려받지 못하였다고 생각했다.

한 귀퉁이로 밀려져 있던 작업대 위에 반듯이 서 있는 매화장이 눈에 들어온 것은 그때였다. 아버지는 솜씨가 좋아 가끔 고가구 수리를 맡아서 하곤 하였는데 그때 받아 놓은 물건이었던 것 같다. 요즘 보기 드문 온통 화려한 자개 꽃문양으로 만들어진 장식장이었다. 상수는 가구를 꺼내 작업대 위에 전등을 켰다. 구석에 박혀 있을 때는 미처 보지 못한 자태가 한 눈에 확 들어왔다.

그때였다.
"예사로운 물건이 아닌데요"

가구 감상에 빠져있던 상수는 갑자기 들려온 허스키한 여자의 목소리에 깜짝 놀랐다.

그 놀람에 상대도 같이 놀라며 미안해했다.

"아 안녕하세요, 문이 열려 있길래 들어왔는데 뭔가 사정이 있으신 것 같아 인기척을 내지 못했어요. "

목재소가 계속 영업을 하는 줄 알고 들어온 손님이었다. 그녀는 나무를 좀 사러왔다는 것이다. 이 근처에 가게 하나를 열려고 하는데 필요한 게 있어 직접 만들어 볼까 한다며 구석구석을 둘러보았다. 동네 사람이면 이제 영업을 안 하는지 알 터인데 그녀는 타지인인 것이다.

상수는 간단히 이곳의 사정을 설명했다. 그러나 처음 오신 손님이니 그냥 보낼 수는 없고 필요하신 나무 쪼가리가 보이면 그냥 가지고 가시라고 했다.

그녀의 눈이 구석에 밀어 놓은 작업대 위 매화장을 떠나지 못함을 눈치 챈 상수는 저건 파는 물건이 아니라고 말했다.

"아니 그게 아니고요. 나비가 없어요. 아까부터 뭔가 허전하다고 생각했는데 저 문양에 꼭 있어야 하는 뭔가가 빠진 듯 허전했는데 이제 생각이 났습니다. 나비에요. 아마 그것을 조각해 넣으려고 했던 것 같은데…. 보세요 여기 스케치의 흔적이 보이시죠. 나비 문양의 스케치요."

상수는 작업등을 찾아 그곳을 집중적으로 비쳤다. 정말 그러했다. 그녀의 눈썰미 또한 대단했다.

"저희 집에 이것과 꼭 빼닮은 매화장이 있었거든요. 할머니 때부터 엄마한테 대물림된 건데 그걸 맨날 보고 컸어요. 별 대단한 재주나 안목이 있는 건 아니고요."

여자는 얼른 본연의 용건으로 돌아가서 목재 더미에서 알맞은 나무 한쪽을 골라냈다. 단단한 미송이었다. 무늬 결이 고왔다. 여자는 그것을 찬찬히 보고 또 보더니 그것으로 결정했다고 했다.

그녀의 신중함을 보며 상수는 문득, 만약 그녀가 음식점을 한다면 단골식당이 될 것 같다고 생각했다. 저런 태도의 사람은 미식가일 확률이 높고 미식가가 운영하는 식당의 음식이 안 좋기가 쉽지 않을 것이기에.

"업종은 무엇이지요?"

"아직 정하지 못했어요."

"오픈하면 꼭 알려 주세요. 그 나무는 그냥 가져가십시오. 미리 보내는 축하 화환입니다."

본능적으로 딜러로써의 자질이 발동한 상수는 주는 것이 있어야 받는다는 것을 알고 있는 것이다. 그녀는 알 수 없는 미소를 지으며 명함 하나를 남겼다. 명함에는 '반가사' 라는 이름만이 적혀 있고 연락처 위치 아무것도 없는 이상한 명함이었다.

"곧 장소를 발견하실 거예요. 저도 아직 그곳을 찾지 못했거든요."

그렇게 여자는 미스터리한 말을 남기고 무엇에 사용할지 모를 미송 한 조각을 꼭 끌어안고 총총히 가게 밖으로 사라졌다.

첫 손님을 상대한 후 상수는 이곳이 자신이 도전하는 새로운 업종의 영업장소가 될 것임을 직감한다. 우선은 큰 욕심 부리지 말고 아버지가 남겨놓고 가신 목재를 다 팔 때까지만 이곳을 거처로 삼아야겠다고 생각했다.

겨울을 보내며 봄을 준비하기 좋은 목재소.

이곳 목재소의 쓰임새를 그는 첫눈에 알아챈 것이다. 상수는 구석에 고즈넉이 앉혀있는 매화장을 보며 마치 살아계신 아버지에게 얘기하듯이 중얼거렸다.

"아버지가 저를 부르신 거죠. 매화장을 완성하고 가시고 싶었던 거 알겠어요. 아버지가 만든 저 가구, 실컷 보시고 느끼셨으면 이제 그만 편히 돌아가서 쉬세요."

상수는 그 후로 몇 시간을 혼잣말로 중얼거렸다. 눈물과 콧물이 상수의 얼굴을 뒤덮었고 그것이 말라갈 시간쯤 그는 진정이 되어갔다. 살아있을 때 못다 한 아버지와 아들의 수다는 이렇게 우연히 아버지의 목재소에서 물꼬가 터졌고 비로소 이제 진심으로 산자와 죽은 자가 이별을 한 셈이다.

목재소의 문을 닫고 나오니 어느새 밖은 어두워져 있었다. 상수는 다시 찾은 제2의 고향 같은 이곳이 얼마나 변했나를 돌아볼 양으로 다운타운을 향해서 걸음을 옮겼다.

그리고 어두운 목재소 안 작업대 위에 놓인 매화장에 이제껏 없었던 화려한 문양의 나비 한 마리가 꽃술 위에 고즈넉이 자리를 잡고 내려 앉아 있었다. 좀 전까지 스케치 흔적만 남아 있던 바로 그 위치에.

001 Q&A
002 딜러가 되길 거부한 남자
003 그녀를 만나기 전까지는 그랬습니다
004 기차는 정차역을
그냥 통과하여 가고 있었다
005 자신의 죽음을 본 여자
006 반가사에서 만난 외로운 영혼
007 공포소설작가 쿰씨

sequence 2

시퀀스 02

001

•

Q & A

거래의 기본은 덧셈과 뺄셈이다.

그것은 인생살이에도 작용한다. 자신의 운명을 회피하지 않고 살아온 손필담은 그 기본을 좌우명으로 삼았다. 기억의 거래에도 그 룰에 충실하게 하였기에 대부분의 고객은 만족스러워 했다.

익명의 전화 한 통을 받은 건 오전 중 가장 명징한 시간이었다. 커피 한 잔을 마시며 호흡을 가다듬고, 조용히 전날의 조각 그림을 맞춰보는 그런 때다.

필담은 '엽전노리'라고 하는 그만의 방식으로 여덟 개의 패를 만들었다. 그가 재미삼아 종종 해보는 방식이다. 그 여덟 자로 이루어진 물상들을 뜯어 지긋이 응시하다 보면 혼란스런 상황이 명확해지는 순간이 온다.

그런데 오늘은 이상하게 마치 표지판도 이정표도 선명치 않은 안개 속 도로를 마구 달리는 상황이었다.

고개를 갸웃하는 필담이다.

매물이 있는데 그것을 보기 위해선 좀 멀리 가야 한다고 했다.

필담과 과거 인연 중 가까운 지인을 통해서 가끔 이런 상담 연락이 올 때가 있었다. 전화를 받으면 대부분 더 이상 영업하지 않는다고 친절히 설명해 주고 끊는다.

익명의 남자는 화급히 상담하기를 원했다.

그가 소개 받았다며 언급한 이름은 신뢰할만한, 그야말로 VVIP 고객 중 한 명이었다. 시간과 장소는 필담에게 맞춰 주었고 전화를 끊자 곧 스마트 폰으로 기차 예매표가 전송되었다.

다시 괘에 눈을 두었다.

하늘과 땅이 한 괘 안에 다 담겨 있었다. 최고의 수라고 생각할 수 있지만 반면 그 둘은 절대 만날 수 없기에 가장 불길한 수가 될 수도 있는 괘다.

****

강준모는 역사 안에 있는 프랜차이즈 카페에서 커피를 사기 위해 순서를 기다리고 있었다.
　평일 용산역은 한가했다. 출발하려면 아직 이십 여분 여유가 있었다
　그의 앞에 주문하고 있는 남자의 뒤통수에 눈길이 갔다. 전화 목소리의 느낌으로는 좀 나이든 남자로 추측되었기에 그는 아닐 것이라 생각했다.

　통화했던 남자는 나타나지 않았다. 전화도 받지 않았다.
　기차는 용산역에서 출발하였다. 그냥 그를 기다리는 일밖엔 할 수 있는 게 없었다. 기차가 다음 역인 광명역을 막 출발한 직후 한 남자가 11번 객차로 들어섰다. 그저 그런 의례적인 인사는 생략하고는 먼저 그가 말을 붙여왔다.

　"하마터면 놓칠 뻔했습니다. 차가 많이 막혀서…. 집이 광명역과 가깝거든요. 생각해보니 용산에서 타는 것보다는 이곳이 훨씬 경제적이어서요."
　강준모도 반갑게 그러나 별말 없이 자리를 권했다.

불현 듯 그는 어쩌면 용산역에서 기차를 탔을 거라는 생각이 들었다.

그의 프로필이 용산역에서 앞줄에 서 커피를 사던 주문자와 닮은 듯 보였기 때문이다.

먼저 좌석을 찾지 않은 건 만나야 할 사람을 탐색하기 위한 것은 아니었을까. 합리적인 의심이다. 그러나 딜러는 자리에 앉자마자 아무렇지도 않게 강에게 물었다.

"그래 어떤 물건을 원하시는지요."

그가 두툼한 카탈로그 하나를 꺼내놓았.

강은 그때 소개자의 말을 떠올렸다.

그는 이런저런 카탈로그를 꺼내 보여주며 상대를 떠본다는 것이다. 만약 건강 보조식품 등이면 상대가 좀 마음에 안 든다는 의미이고, 보석이나 시계 종류면 양호한 편이며 외제 자동차와 같이 소위 '구찌'가 큰 것을 보여주면 그건 그냥 다이렉트로 본론에 진입하면 좋을 거라고 하였다. 카탈로그의 물건을 보고 당황하지 말라고 했다.

"기억입니다."

"아하."

그는 잠시 침묵하더니

"전 이제 그 거래는 하지 않습니다. 은퇴했지요."

순간 강은 푸핫 웃음이 나왔다. 그러나 상대는 그 웃음에 아랑곳하지 않고 말을 이어갔다.

"누가 그러라고 한 건 아니지만 나는 그러기로 결심했습니다."

웃음에 기분이 상한 듯 상대는 단호하게 말했다.

딜러 손필담이 유독 이 부분에서 많은 확인과 방어막을 만들며 조심하는 것은 그것이 사적인 거래이며 은밀히 이루어지는 거래여야 하기 때문이다.

강에게 이건 좀 예상외의 태도였는지 강도 웃음기를 거뒀다.

은퇴라니.

불편한 침묵이 흐른 후 그는 먼저 말을 꺼냈다.

"더 이상 거래하지 않는 물건을 얘기하시니 이 자리가 별 의미가 없게 되었네요. 하하하.

곧 천안아산역이군요. 전 이번에 내리겠습니다. 오랜만에 온천수에나 푹 담가 볼까."

필담은 혼잣말을 중얼거렸다

강은 더 이상 밀당을 위해 시간 끌 일이 아니라고 생각했는지 몸을 앞으로 당겨 말하기 시작했다.

"선생님, 오늘을 위해 1년을 기다렸습니다. 선생님의 존재를 처음 들었을 때 저는 그냥 농담이라고 생각했습니다."

필담은 표정 변화 없이 카탈로그를 가방 안에 밀어 넣었다.

"누가 제 이야기를 전했는지 모르지만, 아마 술자리의 가벼운 농담이었을 겁니다."

"시속 삼백 키로로 달리는 열차에서 밖으로 지나가는 작은 역사의 이름을 보고 얘기 해줘야 하는 이가 있다면 어떻겠습니까?"

필담은 그 말에 순간 움찔했다. 이건 분명 누군가에게 팔았던 기억이다.

필담이 거래했던 누군가의 것이었다.

필담은 좀 근육을 이완시키듯 헛기침을 하곤 단호하게 은퇴했다는 좀 전의 태도와는 좀 달라진 분위기를 연출했다. 강의 이야기를 한번 들어보자는 마음을 먹은 듯하였다.

"선생님이 저를 좀 도와주셔야겠습니다. 전 사는 게 그저 평범한 사람이라 별 특별한 기억도 얘기도 없지요. 하루하루를 사는 거죠. 별사건도 없이. 어찌 보면 복 받은 인생인거죠. 큰 사건 사고 없이 살 수 있다는 게…."

 필담은 침묵했다.
 그래서 뭘 도와줘야 하는지를 모르겠다는 표정으로 그를 빤히 쳐다보았다. 상대가 조금 민망해질 정도로. 그러고 강은 계속 말을 이어나갔다.
 "오늘 선생님을 인터뷰하고 싶습니다."
 필담은 호칭이 좀 거슬렸다. 그와 연배가 그리 차이나지 않는 것 같은데, 그의 지나친 깍듯함에 너무 나이든 사람 취급하는 것은 아닌지.

 그때 툭 필담이 던지듯이 말한다.
 "아하! 인터뷰를요? 저를요? 전 변두리 동네에서 작은 서점 하나를 운영하며 푼돈벌이 하는 신세입니다. 가끔 오퍼상 하던 시절의 인연들이 간절히 찾는 물건들이 있다면 연결시켜 주는 정도지만 그것조차 손을 놓은 지 오래지요. 이런 일로 누군가 날 찾은 것은 호랭이 담배 먹던 시절 애깁니다 그려. 허허허. 다시 얘기 하지만 난 현재 그 일에서 은퇴했어요. 나의 거래 품목에서 없어진지 오래되었지요."

가장 당혹스런 상황이 이런 때다.
필담은 애서 불편한 기색을 참으며 객실 안을 두리번거렸다.

"그런데 말이죠. 이 칸엔 손님이 우리 외엔 안 보입니다요. 아무리 평일이지만 승객이 이리 없으니 철도공사 운영이 맨날 적자란 말도 이해가 갑니다."
별 의미 없는 대화를 이어갔다.
이 불편한 기류를 넘기기 위해서는 시시껄렁한 잡담이 최고다.
"이 칸엔 우리 외엔 더 이상 타지 않을 겁니다. 제가 다 아도 쳤습니다."
강이 자분자분 말을 이었다.
"아하 이런… 과하셨군요. 저는 그저 우리 대화를 시끄러워 할 분들이 있으니 앞뒤 좌석 정도만을 확보해 달라는 의도였습니다. 비용이 많이 들었을 텐데 미안해서 어쩌나. 이번에 제가 좀 실수한 거 아닌가합니다만."

이제 기차는 천안역을 막 출발하고 있었다. 그러나 필담은 뱉어

놓은 말과 달리 그곳에서 내리지 않았다.

그 둘은 여전히 열차 안에서 시시걸렁한 세상사를 얘기하며 기싸움 중이다. 그러나 전보다 둘의 분위기는 좀 편안한 기류가 형성 되어진 듯도 하였다.

"왜 저를 그리 만나고 싶으셨는지 궁금하네요. 전화로 말씀하신 건 이유가 안 될 것이고…."

필담이 각을 잡고 물었다.

강은 사실 오늘 이 자리를 위해 많은 배려를 했음을 필담이 알아주기를 원했다.

열차 한 동을 다 예매하여 혹시 그들의 이야기를 엿듣는 사람이 없기를 바랐다. 기억을 매매하는 특이한 이 일의 속성을 어느 정도는 알고 있기에 그렇게 한 것이었다고 말했다.

"저는 작은 출판사를 운영하고 있는 작가 겸 대표입니다. 아시겠지만 먹고 살만하지 않습니다. 책을 내는 것만으로는요. 그러다 지인에게 특별한 부탁을 받았어요. 특별한 책을 좀 만들어 달라고."

기차는 이제 외곽의 아파트촌을 벗어나 속도를 내기 시작했다.

"소수의 사람을 위해 만드는 책입니다. 그들이 만나보고 싶은 사람들이면 누구든지, 가고 싶어 하는 곳이라면 세상 끝이라도 가서 그것으로 책을 만들어 내는 거죠. 당신에 대한 인터뷰를 그들이 원했는데 방법을 찾기가 쉽지 않습니다. 그들이 원했다기보다는 제가 당신에 대한 이야기를 그들에게 전해주었고 그들이 열렬히 당신을 취재해주길 원했단 것이 맞겠군요. 순서가."

필담은 황당한 눈길로 그를 바라보았다.
"매매할 물건이 있다고 청했던 분이 그것도 목포행 기차 안에서 만나자고 하더니 이번엔 인터뷰를… 갈수록 혼란스러워집니다."
"목적을 말하지 않고 가능한 자연스럽게 그들의 일상에 밀착할 수 있는 인터뷰를 원했습니다. 저의 인터뷰 방식입니다. 선생님이 기차 상담을 좋아한다는 것도 들었습니다. 이해가 갑니다. 그 거래라면 특히 이곳이 제일 안전하겠군요."
필담은 고개를 끄덕였다.

달리는 기차에서의 인터뷰는 왠지 대화가 속도감 있게 오고 갈 수 있을 것 같다고 했다. 강은 이번이 특별한 케이스임을 강조했다. 이렇게 열차 한 동을 몽땅 예매한 건 연쇄살인범으로 의심 받았던 베스트셀러 작가 조양갱 이후 처음이라고 했다. 그 말에 필담은 조금 불편한 기색을 보였다. 그것을 알아챈 강은 얼른 화제를 바꾸었다.

"아하 오해 마시지요. 이건 제가 이 인터뷰에 대한 비밀과 보안을 극도로 신경 쓰고 있음을 언급 하려는 의도이지요."

하며 필담의 눈치를 보는 강이다.

"필요한 몇 사람을 위해 책을 만든다 하셨는데, 그런데 거기에 왜 하필 제가 걸린 거죠?"

필담은 표정을 온화하게 풀며 물었다.

"당신의 존재를 처음 들었을 때 내가 꼭 만나봐야 할 사람이라고 생각했어요. 인터뷰어의 직관 같은 거죠. 저와 저의 독자들은 다른 사람의 이야기를 통해 자신이 무의미한 삶을 유의미하게 만든다고 할까요. 저의 책은 한정판을 원칙으로 합니다. 독자가 두 명, 즉 단 두 권이었을 때도 있었죠. 사진작가가 작품에 넘버링을 해서 구매자에게 작품으로서의 신뢰를 지키듯이 저도 제 글을 원하는 단 몇 분의 위해 그들을 만족시킬 요량으로 하는 거죠. 하지만 비용은 상상하시는 것보다 좀 쎕니다. 제가 독자와 만나는 방식을 이상하게 생각하는 사람이 많아요. 요즘 같은 SNS 시대에 말이죠. 소수를 위한 인터뷰 책이라니… 유명인의 인터뷰도 아니고 말이죠."

  손필담은 인터뷰하고 싶은 이유를 말하는 강의 솔직함에 마음이 움직이기 시작하는 모양새다.
  "글쎄요. 나를 이렇게 대놓고 취재하겠다고 하는 사람은 이제껏 없었습니다. 선생이 처음입니다. 우리 일이 어디 내놓고 하는 일이 아니라 이런 내용이 외부에 알려지는 것도 좀 그렇고. 지극히 사적인 거래라서. 예전에 한번 세상에 별난 인생인가? 직업인가? 하는 프로의 작가라고 하면서 인터뷰를 하자는 분이 있었어요. 나의 다양한 딜러 경험을 듣고는 그것으로 뭔가를 만들어 보고 싶으셨던 것 같아요. 결국 그분은 저의 설득으로 제 물건 하나를 사고 취재를 포기하셨죠. 그 작가라는 양반은 기획력도 치밀하지 못했고 무엇보다 너무 상상력이 빈약한 분이었어요. 마침 저의 고객 중에 지나친 상상력을 가진 분이 있었는데 그로 인해 남편이 좀 괴로워했었죠. 의부증이 발현되는 바람에. 그 분의 상상력을 발동시키는 기억인자를 그분에게 팔았더니 아주 만족해했습니다. 아침 드라마 쪽 작가로 활동을 하신다고 들었어요. 요즘 그 작가, 그쪽 계통에서 이름을 좀 날린다고 들었어요."

"자 그럼 이제 본격적으로 인터뷰를 시작하겠습니다. 메모가 좀 어려워 녹음을 해도 되겠죠?"

Q〉 손선생이 하는 거래는 어떻게 이루어지는 건지 물어도 될까요?

A〉 이해하기 쉽지는 않을 겁니다. 가장 쉽게 얘기한다면 이런 방식일 겁니다.

그것은 자신의 기억이 마치 한 편의 영화나 소설 또는 연극을 본 것처럼 객체화 되는 거라 할까? 그 다음엔 기억으로부터 자유로워질 수 있는 겁니다.

그 기억이 공포였다면 한 편의 무서운 영화를 본 것 정도일 것이고 공포의 잔영은 그리 오래가지 않을 겁니다. 시간이 흐르면 공포영화로 남은 그 기억 또한 흐물흐물 당신의 깊은 무의식으로 침잠할 겁니다.

아름다운 사랑의 기억이라면 그 영화의 감동적인 여운은 좀 길게 갈 수도 있겠죠. 가끔 짜릿한 기억의 대상이 지워져 버린, 그래서 그냥 아릿한 그리움만 남는 거죠.

어느 날 문득 당신의 꿈에서 수면 위로 드러나곤 할 것이나 꿈은 그저 꿈일 뿐. 그 역시 한 편의 러브스토리 영화를 봤을 때와 유사한 종류의 경험이 될 겁니다.

이것이 내가 기억 거래의 방식을 얘기할 수 있는 가장 쉬운 설명입니다.

Q〉 그럼 그 한 편의 영화를 보듯 기억을 사는 사람들은 어떻게 되는 거죠?

A〉 작동하는 방법이라고 해두죠. 그렇죠 작동하는 방식은 개인들마다 조금 차이가 있을 거라 짐작됩니다. 자의식이 강한 사람에겐 좀 시간이 걸릴 수 있고⋯ 최면도 잘 걸리지 않는 사람이 있듯이. 한 번은 창작하는 것을 직업으로 가지고 있었던 고객이 있었는데 그는 끝내 그것을 자신의 기억으로 만들지 못했습니다.

Q〉 그러면 그것을 폐기 처분해 버렸나요?

A〉 네, 그런 셈이죠. 그것을 소설로 써서 세상에 알렸습니다. 그리고 베스트셀러가 되었습니다.

그 기억의 원래 주인이었던 분은 자신의 이야기인 줄 모르고 그

소설을 읽고 큰 감동을 받았다고 말하더군요. 울기까지 했다고. 나는 다행이라 생각했습니다.

Q〉 이런 거래의 메커니즘이 큰 문제를 일으킨 적은 없었나요. 윤리적인 면이나 어떤 예상치 않았던 상황이랄까?

A〉 참 어려운 질문이군요. (필담은 작은 한숨을 토했다.)
 여기엔 등가의 법칙이 있다는 것을 처음엔 저도 잘 몰랐습니다. 저는 딜러이지 사용자는 아닙니다. 부동산 중개인이 자신에게 팔아달라고 부탁한 호화로운 맨션이 탐나도 살 수 없듯이 사용자는 따로 있는 거죠. 저는 그래서 그 의미를 정확히 알기까지는 시간이 좀 걸렸습니다. 내가 아는 어떤 딜러의 이야기를 예로 든다면….
 그의 친부는 사랑하는 사람을 향한 마음으로 평생을 괴로워했던 분이었는데 그는 임종 직전에 아버지의 기억의 한순간을 거래했습니다. 그것을 산 남자는 맛을 잃어버린 요리사였는데 그 후 미각을 회복했다고 하더군요. 요리사는 미각의 실종 원인이 사랑 때문이라는 걸 모르다가 알게 되었던 거죠. 유능한 목수였던 아버지를 문짝 하나 제대로 만들지 못하는 무능한 사람으로 만들어버린 것처럼 그 요리사는 미각을 잃어버린 이유를 깨닫게 되고는 그 여인을 사랑했음을 알게 된 거죠. 그 여인은 한때 그의 밑에서 조수로 일하던 주방보조였는데, 그땐 그녀의 마음을 읽지 못한 것을 알고는 다시 사랑의 불을 댕기게 된 거죠.

Q〉 등가의 법칙이란 게 그런 의미인가요?

A〉 일종의 덧셈, 뺄셈 같은 건데 얻은 만큼 줘야 하는 것이지요. 한 여자만을 사랑하지 않았다면 그는 아마 많은 이들을 위한 사랑을 행하는 자가 되어 있었을 겁니다. 어린 시절 그의 꿈은 사제였거든요. 그는 바꾼 겁니다. 어떤 자신의 가치를, 한 여자를 위해서요.

Q 〉 이런 질문은 좀 직접적이지만 선생님의 능력이 언제 어떻게 생겼는지 궁금하군요.

A〉 저에게 능력은 그냥 왔어요. 책벌레 소리를 듣던 어린 시절, 처음엔 그게 속독법의 일종이라고 생각했어요. 하지만 좀 다르게 느껴졌어요. 책이 통째로 나에게 들어오는 순간을 경험한 적이 있

었어요. 그것은 읽어서 알게 되는 것이 아닌 거죠.

  누군가의 기억을 거래 할 때도 비슷한 방식입니다. 그의 기억이 나에게 흡수되는 거예요. 그러나 그건 내 것은 아닙니다. 잠시 내가 맡아두는 거. 곧 임자가 나타나면 나는 그것을 상대에게 팔기 위해서 최선을 다해야 하는 상품일 뿐이죠. 그것을 내 것이라 생각하는 순간 이건 엄청난 삑사리가 생길 수도 있어요. 그게 이 업계의 금기중 하나입니다.

  싸붕이라는 분이 있는데 그가 나에게 이런저런 주의사항을 들려주었을 때 이 부분을 특히 강조하셨습니다

  딜러의 딜레마에 대해서요. 임시 소유한 기억을 가지고 내 기억으로 만들고 싶을 때가 있는데 그럴 때 내가 이 딜레마에 빠질 수 있다는 것이죠

  강과 필담의 대화는 이제 본격적으로 어떤 궤도로 진입 한 듯이 보였다. 듣는 인터뷰어의 훌륭한 매너와 달리는 텅 빈 열차 안의 적적한 분위기는 이들의 황당할 수 있는 인터뷰에 일종의 진지함을 실어 주는 것이었다.

  Q) 거래의 대가가 궁금합니다. 정해진 금액이 있는 건가요?

A〉 없어요.

그때마다 다르죠. 파이프 하나가 대가였던 적도 있었습니다.

002

●

딜러가 되길 거부한 남자
: 열두 개의 파이프로 남겨진 사랑

그 거래는 수년 동안 지켜온 금연을 잠시 깨버린 일이었습니다.

나는 분리수거를 열심히 하는 편입니다. 재활용과 버릴 것을 분리하다 보면 내 머릿속에 헝클어져 있던 것들이 정리되는 기분이랄까.

그날도 분리대 앞에서 쓰레기봉투와 재활용 박스를 가지고 이리저리 분류 심사 중이었어요.

내 눈에 한 보퉁이의 부러진 파이프들이 보였어요. 한눈에 봐도 값이 나가 보이는 재질로 만들어진 잘생긴 파이프들이었죠. 그중 아직 부러지지 않고 금만 간 것도 보여서 얼른 주었습니다. 담배를 피진 않지만 가끔 불붙지 않은 시가를 물고 있다든가 파이프를 입에 물고 있으면 괜히 기분이 좋아져요. 한때 애연가였던 사람의 향수쯤이라고 해두죠.

나는 그 후로 그 파이프를 손에서 내려놓기가 싫었어요. 계속 가지고 다니면서 심심할 때마다 입에 물고 있곤 했죠. 그날도 그렇게 아파트 단지 안에 공원길을 산책하던 중이었어요. 한 남자가 나에게 마치 구르듯이 오더군요. 이런 표현이 좀 그렇지만 그만큼 작고 통통한 남자였어요. 게다가 그는 보드를 타고 있었어요. 그 나이에 보드라니 어울리진 않지만 언뜻 보면 딱 보드를 즐길만한 나이대의 소년 같은 모습이었어요.

"혹시 파이프 선생님건가요?"
"네? 아뇨. 얼마 전에 요 앞에서 주웠어요. 저기 재활용 수거함에 누가 버린 걸. 그러니 지금은 제게 맞는 거죠."
"아 네. 알겠습니다."
뜸을 좀 들이다가 그가 말했다
"…제가 버린 건데…. 그게 워낙 독특한 모양이라 멀리서 봐도 알아 봤어요. 귀한거니 잘 사용하세요."

그는 뒤돌아서 다시 보드에 올라타더군요. 그 순간 그의 그 안타까움이 제게 전달이 되더군요. 체면에 이미 버린 걸 달라고 할 수는 없었을 것이고, 쭈뼛하는 그 느낌이 그리 기분이 편편하진 않았어요. 그 후 그걸 인연으로 나는 그와 만나 두어 차례 식사를 했고 파이프 남자의 사연을 듣게 되었습니다.

*****

그의 이름은 석주다.

열두 개의 파이프로 남겨진 여자들의 배신의 기억을 가진 남자다. 열세 번째 배신을 당했을 때 그는 수집한 모든 파이프를 홧김에 쓰레기통에 버렸다.

석주는 수집이 취미고 여자를 만나고 연애하는데 맹한 남자였다. 그의 성격과 외모 탓일 것이다. 내성적이고 말을 하기 시작하면 상대의 눈치를 보지 않는 장광설에, 작고 옹종그레 한 외모는 여자들에게 성적 매력을 전혀 느끼게 하지 못했다. 모성애를 자극했던 여자는 있었을 것이다. 그래서 그는 여인을 만나고 배신당하기를 여러 번, 그럴 때마다 하나씩 사둔 파이프를 보며 그것이 불발된 연애의 상대인 마냥 닦아 주고 쓰다듬고 어루만졌다.

파이프가 그의 실패한 연애의 대용품이 될 수 있었던 시기는 그나마 행복한 순간이었다. 이제 그 취미로도 해결이 안 되는 시련이 찾아 온 것이다.

한 여인을 보았다.

소녀같이 청순한 여자였다. 외모 상으로만 보면 아직 미소녀였다. 그 여자는 그가 다니던 클럽제 피트니스에 리셉셔니스트로 근무하고 있었다.

클럽 카운터에는 항상 자체 발광하는 그녀가 서 있었다. 물론 그녀의 빛을 본 남자는 석주 뿐은 아니었다. 그 빛을 감지 못하는 이는 정상적인 남성임을 의심해 봐야 할 것이다.

그 뒤로 석주에게 마음의 병이 찾아왔다. 일종의 상사병이라고 하는, 약이 없는 불치병이었다. 누군가에게 털어놓을 수도 없었다. 불면과 불안정한 심장박동, 얼굴을 뒤덮은 근심의 그림자. 누가 보더라도 그는 병색이 완연한 말기 환자의 모습이었다.

그 아픔의 끝은 그가 아끼던 파이프들을 몽땅 부러뜨리는 것이었다.

그 행동의 이유를 석주의 입을 통해 직접 들어본다면 대략 이런 것 일게다.

"만약 내가 그녀와의 사랑을 이룬다면 이 세상의 그 어떤 것을 희생해도 될 것 같았습니다. 내가 가장 아끼는 것을 내어 놓더라도. 그때 문득 생각난 것이 이것이었습니다. 파이프 열두 개. 애장품 일 번. 안고 싶은 여인이 나타날 때마다 하나씩 사서 모은 나의 생명 같은 소품.

그런데 이것을 버린 후에 나는 나의 심장을 아프게 한 사랑보다 파이프들이 더욱 귀중할 수 있다는 것을 알았어요. 그러나 이미 때는 늦었죠. 선생님이 그나마 그중 하나를 찾아 다시 온전하게 만들어 보관하고 계신 것을 보고 위로가 됐습니다."

*****

나도 그녀를 몇 번 본 적이 있어요. 한때 그 클럽의 회원이었어요. 그녀는 딱 봐도 수십 명의 남자를 관리할 수 있을 만큼 매력적인 외모였지요. 도화가 서너 개는 있을 얼굴상이랄까. 왜 무대에 올라 만인을 즐겁게 해줄 댄스라도 춰야 할 여인네가 저곳을 지키고 있을까?

순진한 남자는 왜 저런 나쁜 여자에게만 꽂히는 것일까?

난 이야기를 다 듣고 고급 인도산 담배 가루를 꽉꽉 채워서 석주에게 건넸어요.

그리고 그의 실패한 열두 번의 연애 이야기들을 하나씩 꺼내 들었습니다. 아주 흥미로운 짝사랑이었지만 그의 관찰일지는 대단했지요. 오금이 저려 왔지요. 눈앞에 없는 그녀들이 갑자기 저도 보고 싶어지더군요.

그렇게 그의 지난한 실패의 연애사를 들으며 나도 어쩔 수 없이 금연을 풀었습니다.

그의 이야기를 다 듣고 나는 그에게 그걸 사겠다고 했어요. 나의 대가는 물론 그가 버린 파이프였습니다. 버렸던 파이프를 건네줄 수 있는, 석주의 자존심에 전혀 상처내지 않을 거래인거죠.

석주는 대단한 심미안을 가진 사람입니다. 그가 수집한 파이프는 그의 안목을 입증하는 물건들입니다. 또한 그는 메모리딜러이기도 했고요. 나는 그에게 딜러로 직업을 바꿔볼 것을 조심스레 권했습니다.

어떻게 그것을 아느냐고요? 우리끼린 압니다. 본능적으로 느끼죠. 저도 그렇게 해서 싸붕에게 발탁되었으니까요.

근데 그가 나의 권유에 뭐랬는지 아세요. 자기는 딜러 같은 건 관심 없대요. 사는 것만 관심 있다는 거예요. 태어나 이제까지 돈에 대한 갈구가 있던 적이 없는 이들의 전형적인 모습일 겁니다. 오히려 자신에게 뭘 팔 수 있는지를 묻더라고요.

결론적으로 그에게 행동력만 있는 어떤 예술가의 기억을 팔았어요. 그 기억의 소유자였던 이는 예술성은 없고 그저 추진력만 앞선 화가였는데 결국 그는 다른 업종으로 전업했다고 들었어요.

석주의 심미안에 예술가의 그것이 합해진다면 그의 삶은 훨씬 풍요로워질 거라 생각했습니다. 그 후 난 그 아파트 단지를 떠났고 다시 그를 만난 것은 일 년 뒤 가로수 길에 있는 유명 갤러리 앞이었어요. 건물 전면에 파이프를 모티프로 한 사진전 포스터에 눈길을 멈추었지요. 석주의 개인전이었어요.

훌륭한 사진 작품들이었어요. 완벽한 여체를 떠올리게 하는 석주의 파이프 사진들은 그에게 얘기로만 듣던 여인들, 그가 사랑했던 여인들의 모습을 떠올리게 하더군요. 이제 더 이상 짝사랑에 울고불고하던 찌질한 석주가 아니었어요. 실패한 연애의 기억들은 이제 그의 것이 아니었고, 그는 예술가의 자신감으로 새로운 표현의 통로를 만들어 낸 것이지요. 그만이 가지고 있는 독특한 심미안이 사진으로 표출 되었나 봅니다.

난 먼발치에서 관람객들에 둘러싸여 있는 그와 눈이 마주쳤고, 내 주머니 안에 있던 그가 이별의 선물로 골라 주었던 파이프를 꺼내 들고 흔들었습니다. 석주도 반가운지 입 꼬리가 확 올라가며 자신이 들고 있던 파이프를 흔들며 답인사를 하더군요.

Q〉 감동이 있었던 거래군요. 한 사람의 인생을 바꾸는 거래이기도 하고.

그런 거래는 누군가에게 베풀 수 있는 최고의 선행일 수도 있었다는 생각이 듭니다.

A〉 선행이라.

난 딜러일 뿐입니다. 내가 산 기억의 키워드를 잘 알고 있기에 누군가 필요한 것을 맞춤 거래를 한 것일 뿐 의도한 선행은 아니었어요.

나의 직업 만족도는 대략 좋은 편이었어요. 그녀를 만나기 전까지는 그랬습니다.

003

•

그녀를 만나기 전까지는 그랬습니다

Q〉 그녀를 만나기 전이라며 그것 또한 의도하지 않은 선행과 관련이 있나요. 흥미진진해집니다.

A〉 그 얘긴 지금 좀 하기가 거북한 얘기라….

대신 싸붕이 나에게 들려준 일화가 하나 있어요. 그의 할아버지 얘기입니다.

그의 할아버지는 태어나면서부터 앉은뱅이였는데 이야기꾼이어서 사람들 앞에서 이야기를 만들어 들려주거나 시중에 떠돌던 재미있는 소설을 읽어 주는 게 취미셨던 분이었답니다. 어느 날인가는 자신이 읽던 이야기 속의 주인공이 멋진 공중제비를 도는 장면을 사람들 앞에서 구술하다가 그만 본인도 모르게 공중을 한 바퀴 돌았고 그 뒤로 앉은뱅이를 고쳤다는 겁니다. 기억보다 앞서는 것이 이야기의 힘이고 싸붕은 그것을 위대한 기억이라고 하셨어요. 그것을 언젠가 찾아 나설 거라고 하셨죠.

Q〉 이야기의 힘이라기보다는 그건 일종의 뻥처럼 들리는군요. 이야기는 그저 허구의 기억 아닌가요.

A〉 그렇게 생각하는 사람에겐 그런 거겠죠.
싸붕의 생각이 나와는 다르지만. 싸붕의 거래에는 다수의 알 수 없는 기억과 이야기가 섞여 있었던 건 분명합니다. 순수한 거래의 기억만은 아니었던 것 같아요. 언젠가 다시 만날 날이 있을 때 꼭 물어보고 싶습니다.
"그 어르신은 그래 아직까지도 잘 걷습니까?" 라고요.
그럼 아마도 그분은 이렇게 말할 겁니다.
"나이 들어 이젠 완전히 들어 누우셨지. 으하하하"
(그는 웃지 않는 상대방을 흘깃 보며,)
제가 좀 농담을 재미없게 하는 사람이죠.
같은 기억을 같은 이에게 팔았던 적이 있었습니다. 그에게 산 것을 그에게 다시 판 거죠. 기억을 판 사람을 우연히 다시 만났습니다. 많이 달라져 있었어요. 무엇보다 그가 판 후에도 행복해지지 않았던 거죠. 산 사람도 판 사람도 그전보다 나아져야 이것이 공정거래인데 말이죠.

004

•

기차는 정차역을
그냥 통과하여 가고 있었다

Q〉 선생님 자꾸 물 타기를 하시는 느낌이 드는군요. 제 질문에 대해서요.

A〉 줄타기요?

기차가 터널로 들어가는 바람에 소음 속에 강의 말이 제대로 전달이 되지 않았다

Q〉 아뇨. 물 타기요. 아까 여자를 만나기 전까지라고 해서 그 이야기를 들려주기를 기대했는데 말이죠. 전혀 엉뚱한 이야기를 하시는군요.

듣기에 따라 강의 말엔 신경질이 묻어 있었다. 그의 표정은 그

동안 보여주었던 인터뷰어의 진지함이 아닌 조금 거친 표정을 슬쩍 내어 비치는 것이었다. 그는 얼른 그 표정을 거두었다. 화장실을 다녀온 그의 표정은 처음의 그 온화한 인터뷰어의 모습으로 돌아와 있었다.

Q〉 선생에게 악몽을 팔았던 사람이 있었죠?

그 질문에 순간 필담은 인터뷰어인 강이 했던 말이 문득 뇌리를 스쳤다.
"시속 삼백 키로로 달리는 차 안에서 창밖으로 흘러가는 작은 역사의 이름을 보고 얘기해줘야 하는 이가 있다면 어떻겠습니까?"라는.
왜 그 말이 익숙한가 했는데 악몽 운운하는 순간 필담은 맞은편에 앉는 남자의 얼굴을 다시 찬찬히 살폈다.
그 예언자를 이 자가 알고 있나?

A〉 내가 직접적인 언급을 할 수 없는 사람들이 있습니다. 양해를 구합니다. 지켜줘야 할 프라이버시라서…. 안 그렇습니까?

강은 좀 어색해진 분위기를 돌리기 위해 화제를 바꿨다.

Q) 그저 질문입니다. 악몽과 같은 기억을 가진 사람들이 가장 선생님의 능력을 이용하고 싶지 않을까요. 좋은 기억, 아름다운 기억은 굳이 내어놓고 싶지 않을 것 같고.

A) 글쎄요. 꼭 그렇진 않습니다. 사랑의 기억도 악몽 같은 기억이 될 수 있습니다. 한번 들어보시겠어요?

나에게 자신의 러브스토리를 판 남자가 있었어요.

이름은 제이(J)로 해두죠. 이 거래에서 가명이 필수거든요. 그 남자는 한 여자로부터 자유스럽고 싶은 남자였어요.

이젠 가족에 충실하고 싶은, 그런데 한 여자의 기억으로 괴로워하고 있는.

원래 이런 불륜은 잘 취급하지 않는데. 대부분 이런 이야기는 한 인간의 탐욕으로 인해 생긴 억지 인연이라서 다른 사람에게 팔기도 어렵고 결국 골칫덩어리 재고 물건이 되기 쉽기 때문이죠.

그 남자를 만났을 때 나는 누군가의 아버지를 떠올렸습니다.

기차 밖으로 보이는 풍경은 산과 들로 어우러진 충정도의 평야를 지나고 있었다. 인터뷰어 강은 벌써 필담의 이야기 속으로 스펀지가 물을 빨아들이듯 흡수되어 가고 있었다.

남자가 절실했던 이유는 암 투병 중인 아내에 대한 미안함과 죄책감 그리고 이제 아내와 가족에게 충실하고 싶다는 것이었죠.

곧 한국을 뜰 거라고 하더군요. 얼마 남지 않은 삶을 정리할 수 있는 따뜻한 나라로 가고 싶어 하기도 했고요.

나는 처음 마음과는 달리 그의 기억을 거래했습니다.

그는 이십여 년의 사랑으로부터 홀가분해져서 열차에서 내렸습니다. 뭔가 불편한 거래라고 생각될 때 저는 열차를 애용합니다. 거절하기가 쉽잖아요. 정해진 시간과 목적지가 있다는 것은 지지부진한 거래라면 그것을 중단할 수 있는 아주 훌륭한 이유가 되죠.

이제 남자의 기억 속에서 그녀는 없어졌을 것이고 그녀를 우연히 만나도 그는 그녀를 더 알아보지 못할 것입니다.

Q) 여자는 미치겠군요.

A) 문제는 내가 거래한 남자의 기억 속 여자를 우연히 내가 만난 겁니다.

마흔을 바라보는 여자에게서 빛이 나기는 쉽지 않은데. 아마 어떤 슬픔이 그녀를 더욱 빛나게 보였던 것 같습니다. 순간 나는 그녀의 기억을 팔 수 밖에 없었던 남자가 이해가 갔어요.

어떻게 저런 여자와의 러브스토리를 삶이 지속되는 동안 잊을 수 있을까.

쉽지 않았을 거예요.

그녀의 얼굴은 전생을 걸고 사랑했던 사람의 떠남으로 인해 가지게 되는 어떤 고통으로 더욱 아름다움을 뿜어내고 있었습니다.

Q〉 선생의 말을 듣고 있는 저도 그녀의 매력에 매혹될 것 같군요.

A〉 저는 사실 그녀를 보고 첫눈에 반했습니다.

Q〉 그런 기억보다 악몽 같은 기억을 훨씬 더 팔고 싶어 하는 사람이 많을 것 같군요. 문득 이런 거래의 불균형을 어떻게 맞춰 가는지가 궁금해지는군요. 그 기억을 사가려는 사람은 더욱 없을 터. 악몽 같은 기억도 당신의 거래 품목인가요?

A〉 악몽이라… 어떤 이야기가 궁금한 거죠?

Q〉 소자라는 여인의 이야기를 듣고 싶습니다. 그녀와 어떤 거

래를 하셨죠?

 기차는 태고의 산 한가운데를 꿰뚫고 지나가는 긴 어둠의 터널로 빨려 들어가고 있었다.

005

•

자신의 죽음을 본 여자

소자라는 여자가 찾아온 이유는 나름 절실해 보였습니다. 반복되는 악몽 때문에 잠을 깊이 잘 수가 없고, 일상생활이 몹시 피곤하다고 하더군요. 그녀는 제가 자주 가는 반가사 주인과 아주 특별한 관계였습니다.

그들은 이십대 무렵 북구의 항구에서 우연히 만나 처음 본 순간부터 소울메이트라는 것을 알았다고 하더군요. 남다른 우정을 지켜가고 있는 친구라고 하였습니다.

반가사의 주인은 아주 조심성 있는 그런 여자입니다. 색채 감각이 독특한 그녀의 그림은 보면 신비로운 감각을 불러일으키곤 하죠. 쉽게 누굴 소개 하지 않는 사람이었는데, 그래서 그녀가 만나 주기를 청한 사람들은 거절할 수 없었죠. 소자가 그런 케이스였습니다.

직업이 간호사였다고 했어요. 그녀가 최근에 반복적으로 누군가를 죽이는 꿈을 꾼다는 거예요. 깨어나도 그 살인의 느낌이 생생해 온통 그녀의 일상을 짓누른다고 했어요.

전생을 읽게 된 건 그녀가 응급실 근무를 하게 된 어느 날부터였다고 하더군요. 심한 열감기로 응급실에 찾아온 남자를 채혈하는데, 그 순간 상대의 모든 생이 번갯불처럼 빠르게 읽혔다고 했어요. 그리고 그가 죽는 순간을 보게 되었는데, 그 환자는 어이없게도 며칠 만에 이생을 하직했어요. 별 이상 없이 건강한 사람이었는데, 그 해 듣도 보도 못한 전염병에 감염되어 그냥 세상을 떠난 거죠. 그 후로 환자들과 접촉하면 보이는 환영으로 인해 그녀는 간호사 일을 오래 할 수 없었어요.

그런데 요즘 소자는 자신이 꾸는 꿈속에서 계속 누군가를 칼로 잔인하게 찔러 죽였고, 그건 마치 매회 대상을 바꿔 진행되는 살인 드라마를 보고 있는 것 같다고 했어요.

그러다가 최근 꿈속 살인 현장에 있는 거울을 보았는데 그 거울엔 자신이 아닌 어떤 남자를 보았고 그가 살인을 저지르고 있었다고 했어요. 그리고 결국 자신도 그에게 잔인하게 살해당하는 것이 꿈의 끝이었다고.

Q〉 그녀가 남자의 얼굴을 본 것이군요.

A〉 그런 셈이죠. 어쨌든 꿈에서. 하지만 그녀는 자신이 살인자가 아닌 것은 알게 된 거죠. 그녀의 꿈은 정신분석학적으로 보면 너무도 흔한 불안증과 트라우마의 발현처럼 보였는데 묘한 다른 지점이 있었어요.

그건 그녀가 예언자의 DNA를 가지고 있다는 거였어요. 그 꿈이 자신의 운명을 예견하는 것 인지도 모른다고 애기했더니 반가사 주인은 펄쩍 뛰더군요.

소자에게 악몽은 무의식에 가라앉은 어떤 기억의 발현이니 그것을 팔라고 했어요. 그것은 오랫동안 봉인되어 무의식 깊이 가라앉아 있는 감춰진 것들이라 매매는 쉽지 않았어요. 그 후 병원근무는 그녀에게 너무 고통이었죠. 그래서 간호사를 그만두고 작은 상담소를 차려 외상 후 스트레스 환자의 심리치료와 상담을 업으로 삼을 수 있었습니다. 청소년 심리 상담 자격증이 도움이 됐던 거죠.

그런데 그녀가 그만 살해당했습니다. 자신의 꿈에서 처럼요. 반가사 주인은 큰 슬픔으로 괴로워했지만 그녀를 입관하기 전 본 평안한 얼굴이 그나마 위로였다고 하더군요.

혹자는 그녀의 예언의 적중률이 높아서 누군가의 심사를 건드린 것 같다고 했어요. 어쨌든 이 살인사건은 미제사건으로 남아 아직껏 어떤 단서도 없어요. 제아무리 왓슨과 셜록 홈스가 붙어도 풀 수 없을 완벽한 살인사건처럼.

흥미롭게도 당신이 꺼낸 어떤 말 중에 소자와 같은 말을 하는 걸 알았어요. 두 분이 어떤 관련이 있다고 짐작했지요. 정확히 애기하면 그것은 언어나 말이 아니었어요. 그녀가 상대를 리딩하는 방식인거죠.

"운명을 리딩한다는 것은 시속 삼백 키로로 달리는 기차에서 작은 역사의 이름을 제대로 보고 말해줘야 하는 것이라고."

그렇게 말을 내뱉은 후 문득, 필담은 오늘 그가 뽑은 두 번째 괘의 의미가 분명해짐을 느꼈다.
'離霜 堅氷至, 서리를 밟고 가다 보면 단단한 얼음벽을 만난다.'
오래전 서점에서 선인각 아니 싸붕이 어린 필담에게 보여 주었던 것과 동일한 그림이었다. 그러나 이건 상황에 따라 완전히 다르게 해석될 수 있음을 필담은 알고 있었다. 얼음은 두려운 것일 수도 있지만 견고하여 무너지지 않은 이상에 도달하였다는 것일 수도 있었다.

Q〉 선생은 그 악몽을 사셨다고 했는데 그 내용이 무언지 보지 못했나요?

A〉 나는 여름이 싫어요. 그게, 납량물 아시죠? 그거 때문이라면

웃으실 겁니다. 생각만 해도 이렇게 소름이 돋습니다. 공포영화라면 질색인 사람입니다. 나는 그 악몽을 산 후 처리방법을 고민했어요. 그때 공포소설 작가 쿰씨가 떠올랐어요. 쿰은 그의 필명입니다. 그는 아주 세련된 매너의 신사였고 반가사에서 알게 되어 술친구가 된 사람이죠.

작가라니. 그것도 공포물을 쓰기에 어딘지 어울리지 않는 사람이었어요. 그의 소설은 그쪽 장르에선 제법 두터운 마니아층을 가지고 있다고 하더군요. 어떤 상황도 공포 플롯으로 옮겨 놓은 재주가 있었어요. 그런데 일상의 그를 보면 그렇게 유머러스할 수가 없었어요.

우린 술친구였죠. 그가 하는 짓과 말로 코가 빠지게 웃은 후에 왜 당신이 코미디 작가를 안 하는지 모르겠다고 했더니 그러더군요. 자신이 공포소설을 포기하는 건 호랑이가 육식을 거부하는 것과 같다고요.

문제는 그가 몇 년째 슬럼프였다는 겁니다. 한때는 한국의 애드가 알렌 포우라고 칭송되는 공포추리계의 대부처럼 군림하던 작가였는데 이제 단 한 권의 작품도 내지 못하고 있었어요. 그래도 유머감을 잃지 않는 낙천적인 성격이었어요. 그는 그 이유를 요즘은 사는 게 더 공포라 상상력의 발동이 안 된다고 자조하곤 했습니다. 어쨌든 딱히 그 이유를 찾지 못했어요.

　난 그를 안타깝게 생각했지만 내가 원체 공포와 익숙하지 않으니 그에게 그리 도움이 되지 못했어요.

　우린 반가사에서 손님으로 만나 꽤 오래 술친구로 지내왔기에 어느 정도 상대를 믿음이 있었던 것 같아요. 하루는 그가 사진 한 장을 내밀더군요. 쥐를 잔인하게 죽인 그런 사진이었는데 자신이 한 행동이라고 하더군요. 살인에 대한 장면을 쓰다가 막혀 한 줄도 나가지 않아 쥐라도 잡아봤다는 거예요. 웃음이 나오더군요. 나오질 않는 자신의 글을 말 그대로 쥐 잡듯이 팼으나 영 시원치 않은 것 같았어요. 그날도 술이 취하더니 안 나오는 공포스러운 상상력에 대한 자조적인 넋두리를 늘어놓기 시작했어요. 결론부터 얘기 하자면 난 그에게 소자의 악몽을 팔았습니다.

　그 후 몇 주 동안 공포 작가의 얼굴은 반가사에서 볼 수 없었어요. 반가사 주인의 말이 그가 집필 중이라고 하더군요. 오랜만에 원고지가 메꿔진다는 거였어요.

　그 살인의 기억은 그가 술에서 깨어난 다음 날부터 작동을 시작한 거 같아요. 그러자마자 냅다 달렸겠죠. 그는 그해 마침내 계약하고 칠 년을 기다려준 출판사에 원고를 건넬 수 있었어요. 그때 전화기 너머 쿰씨의 목소리가 아직도 귀에 쟁쟁합니다. 자기가 쓴

게 아닌 것 같다고 하더군요. 솔직한 품성의 작가죠.

이번 건 대단한 작품이 될 거라고 했어요. 자신조차도 쓰는 내내 공포에 짓눌릴 정도로 무서웠다고 하더군요. 엄살이 아니었을 겁니다.

그날의 술자리에서 정말 많은 영감을 받은 것 같다고 했어요. 갑자기 그가 그날 자기에게 뭔 짓을 했냐고 묻더군요. 다시 한 번 말해줬죠. 누군가의 기억을 몰트위스키 한 병에 팔았다고. 물론 그는 그것이 농담이라고 생각하는 것 같았어요. 그는 당시에 고주망태로 취해 있었고 얼떨결에 나의 구매 제안을 받아들였지만 아마 취중이라 어떤 상황인지 정확히 알 수 없었을 겁니다.

선생도 출판을 해보셨다고 하니 아실 겁니다. 책이 출판되어 나오기 위해서는 일종의 숙성시간이 필요한 것을요. 그 사이에 오랜만에 그를 만날 수 있었습니다. 얼굴이 영 말이 아니었어요. 책을 끝낸 것은 축하할 일이나 그는 아직 자신의 소설에서 벗어나지 못하고 있는 느낌이었어요.

술이 좀 들어간 후 그는 혼자 중얼거렸어요. 괴로움과 자책감이 든다는 거예요.

등가교환이 이런 거죠. 소자의 악몽이 공포소설가의 진짜 기억이 되어 버린 겁니다. 부작용이 있을 수 있다는 것을 그때는 몰랐어요. 끔찍했을 겁니다. 자신이 저지른 그 살인 행위로 인해, 정확히 얘기하면 얼떨결에 구매한 그 살인의 기억으로 인해 그의 책은 실감 넘치게 써졌고 잘하면 베스트셀러가 될 것이지만 그는 괴로울 겁니다.

 그가 감당해야 할 몫이죠. 그런데 이게 이상한 방향으로 흘러갔어요. 그가 자신의 집필실에서 목을 매었어요. 그런데 시기가 너무 이상한 거예요. 그의 책이 가판에 깔리기 직전의 상황이었습니다. 나는 그 책을 사기 위해 서점을 찾았지만 어디에도 그의 책은 볼 수 없었어요.

 그의 집에도 출판사의 컴퓨터에도 어디에도 그의 원고마저 없었어요. 마치 작가가 가지고 함께 저승으로 떠난 듯이 말이죠. 그의 죽음은 자살로 처리되었고 공포작가의 우울증 정도로 알려지게 되었고 세간의 관심에서 곧 사라져버렸어요.

 그때 십일 번 객차의 자동문이 스르륵 열렸다. 음료판매 밀대였다. 그의 갑작스런 등장에 필담은 조금 놀라며 말했다.

 "없어진 줄 알았는데. 요즘에도 이동식 판매원이 있었네요. 잘 됐네요. 전 카푸치노 한 잔 마시겠습니다."

판매자는 뜨거운 커피에 우유를 타서 내밀었다. 커피 향을 그득히 남기고 승무원은 밀대를 밀며 다음 칸으로 사라졌다.

　Q〉 결론은 당신에게 기억을 산 사람도 그 기억을 판 사람도 죽었는데 정작 선생은 그것을 보지도 듣지도 못했다는 건가요?

　A〉 제가 살인자의 기억을 보지 못했다고 했나요?

　Q〉 그럼 당신은 거래하기 전의 기억을 알 수 있다는 건가요?

　A〉 글쎄요. 이게 좀 애매한데···. 뭐라 얘기 드려야할지. 대신 얘기 하나 해드려도 될까요?

006

●

반가사에서 만난 외로운 영혼

"제가 자주 찾는 한적한 카페가 있어요. 단골 술집이죠. 단골이 당골네에서 나왔다고 하죠. 옛날 시골엔 하나씩 있는 무당집을 지키는 이를 당골네라고 하는데, 사람들은 자주 그곳에 가서 기복도 하고 액땜 굿도 했죠. 어쨌든 그곳은 제게 딱 그런 곳이었습니다."

눈에 잘 띠지도 않은 막다른 골목의 안쪽에 있어 길눈 어두운 손님은 두 번째 올 때조차도 못찾고 헤매는 그런 곳입니다. 찾는 이 없어 아주 편안한 곳입니다. 주인에게는 좀 미안하지만요. 게다가 그녀는 사려심이 깊어 손님에게 들은 이야기를 함부로 입에 올리지 않습니다.

그 주인 또한 한번 나와 거래를 한 적이 있어 나와 나의 직업을 어떻게 대해야 하는지 아는 사람이죠. 한마디로 내가 단골이 되기에 손색없는 사람이고 장소죠.

내가 한 달여의 부탄 여행에서 돌아온 직후였어요.

가끔 아주 순수한 맑은 영혼들의 행복한 기억을 주문하는 사람이 있어요. 그럴 때면 나는 주저 없이 부탄으로 가는 짐을 꾸리곤 합니다.

그때 나는 긴 여행에 지치기도 했고, 편안한 휴식 같은 그곳이 그리웠어요.

반가사(半跏思). 그게 그곳의 이름입니다.

주인은 가게 이름으로 반가사유상을 떠올렸으나 차마 그것으로 술집 이름을 정하진 못했다고 하더군요. 부처에게 죄송하다고. 그는 그런 사람입니다. 온몸으로 겸손함을 보여주는 사람이죠.

오랜만에 온 나에게 그녀는 향긋한 모히토 한 잔을 우선 권했어요. 몇 번 나를 찾아온 손님이 있다고 전해주었습니다.

긴 여행이었고 아주 만족스러웠던 여행의 추억이 담긴 핸드폰 사진을 주인에게 보여주며 여행의 후일담을 들려주었어요. 그때 나의 시선이 한쪽 구석에 앉아있던 여자와 순간 엉겼습니다.

내가 아직 팔지 못한 어떤 남자의 기억 속의 그녀임을 직감했어요. 곧 그녀는 내 옆자리에 앉아도 되는지를 물었고 한적한 바에 둘만이 앉아 얘기를 나누기 시작했고 내 감이 맞다는 걸 재차 확인했어요.

이름은 주희 외자였죠. 이런 내가 실명을 얘기해 버렸군요. 그럼 안 되는데. 말이 헛나왔습니다. 주워 담을 수도 없고. 이거 나중에 실명으로 나가면 안되는 거 아시죠?

주는 나에게 기억을 판 남자 제이로부터 나의 존재를 들었다고 했어요. 제이가 이 매매행위를 시도하기 직전 그녀에게 말했다고 했죠. 자신은 곧 한국을 뜰 것이고 우리 이번 생의 인연은 이것이 끝이라고요. 그것을 그녀는 장난으로 들었다고 하더군요. 나중에 제이가 자신의 목소리도 기억하지 못했을 때도 그저 연기하는 거라고 생각했다고.

그러나 직접 호주로 날아가 그를 대면했을 때 그에게 들었던 그 거래가 진짜임을 알았다고 하더군요. 그때는 그녀의 마음이 편했다고 했어요. 사랑하는 사람이 편할 거라는 생각에.

그러나 시간이 흐를수록 그를 향한 분노 때문에 잠을 이루지도, 먹지도, 일상을 유지할 수 없었다고. 그리고 나를 만나야겠다는 생각에 이곳을 찾아오게 되었어요.

이곳을 알게 된 것은 그와 함께 언젠가 왔었던 곳임을 기억하고 이곳에서 나의 특수한 거래에 대한 정보를 얻었다는 것을 기억해 냈다고 하더군요.

젠장. 이런 일은 처음 겪은 일이었어요. 두 사람이 동시에 나에게 기억을 팔았던 사람들은 있었어요. 서로 합의 하에 말이죠. 그런데 이건 좀 복잡한 상황이 된 거죠.

　게다가 나는 그녀의 매력에 빠지는데 채 1분여의 시간도 걸리지 않았습니다. 복기해 보자면, 이건 내가 제이의 이야기를 털어내지 못하고 있었기에 더 가능했을 겁니다. 제이의 기억이 내 것이 되어버린 겁니다. 나는 그것을 살 의지가 전혀 없었지만 무슨 연유인지 그녀를 보고 난 후 그 기억을 내가 갖고 싶어진 것이죠. 딜러의 딜레마가 이런 경우겠죠.

　그럼 나는 그 이야기의 주인공이 되는 것이죠. 그녀와 나누었던 모든 사랑의 시간과 기억이 나의 것이 되어버렸던 거죠. 그런데 그녀가 나에게 기억을 팔고 싶다는 거예요.

　Q〉손선생님의 러브스토리였군요. 그녀와의 러브스토리가 어떻게 진행되었는지 궁금해집니다. 그런데 말이죠.

　강은식은 커피를 훌쩍 들이켰다.

　Q〉그럼 저를 기억하실 수도 있겠군요?

　이제 상황은 인터뷰어와 인터뷰이의 경계가 무너지면서 취조의 분위기로 진행되어가고 있었다.

007

•

공포소설작가 쿰氏

 강은 그 작가를 잘 알고 있었다.

 강이 정기적으로 만나는 출판 관계자들과의 술자리에서 대박의 조짐이 보이는 한 작가의 작품에 관한 이야기를 들은 것은 우연이었다.

 강도 아는 작가다. 한때 한국에서 포우 상의 수상 가능성을 점치기도 했었던 그였다. 절필했다는 소문이 있었고 별 볼일 없는 추리물을 끝으로 단 한 줄도 쓰지 못하고 있음도 알고 있었다. 그런데 칠 년 만에 나온 그의 작품은 어떤 소설보다 압도적이라는 것이다. 강이 그 원고를 출간 전 읽어 볼 수 있는 상황을 만드는 것은 쉽지 않았다. 거기엔 놀랍게도 자신이 했던 과거의 잔인한 살인에 관한 내용이 고스란히 담겨 있었다. 놀랍도록 살인의 상황은 정밀했다. 이건 누가 해준 얘기로는 묘사될 수 있는 정황은 아니었다.

출판예정의 소설 제목은 '살인 인터뷰'였다.

인터뷰어, 질문을 던지는 자, 강의 두 번째 직업은 킬러다.

누구나 그렇듯이 시작은 우연이었다. 파산 직전의 그에게 누군가 부채를 탕감해주는 조건으로 접근했다. 그 후 특수한 신분의 몇 사람이 그를 고용했다. 뒷마무리가 깔끔한 완벽한 청부살인이었다. 그런 그가 사람을 죽이기 전에 상대를 인터뷰하는 독특한 취미를 가진 것은 3번째 살인 때부터였다.

그는 그 기록으로 인터뷰 책을 만드는 취미생활을 하고 있었다.

그는 상대가 가능한 긴장을 풀게 하고 마지막 가는 길을 충분히 애도해주고, 자신이 죽이는 것은 자신의 의도가 아닌 누군가의 심부름이라는 것을 충분히 인지시켜주는 것이 필요하다고 생각했다. 그것이 스스로 업보의 카르마로부터 자유로워질 수 있는 길이라고 것을 믿었기 때문이다.

자신이 죽였던 이들 중 소자라고 하는 청소년 심리상담소를 운영하던 여자가 있었다. 소자를 만났던 상담자 중 몇 명은 그녀가 진짜 이 시대의 광야에서 소리치는 예언자가 아닐까 의심했다. 그는 그녀의 살인을 청부한 사람이 누구인지 처음에는 정확히 알지 못했다. 아마도 그 능력을 두려워한 누군가가 그녀를 죽게 했을 것이다.

그가 소자의 상담소를 찾아 갔을 때 이미 자신이 그녀를 죽이러 온다는 것을 알고 있었다는 것이 그녀가 앞을 내다보는 예언 능력이 있음을 증명하는 것이었다.

소자는 자신을 죽이라고 청부한 자가 누구인지도 알고 있는 눈치였다.

예상외로 소자는 수다스러운 예언자였다. 그 수다는 심지어 귀엽다는 생각마저 들었다. 내용은 물론 심각했다. 봇물 터지듯이 끊임없이 터져 나오는 방언과도 같은 장황한 수다의 내용인즉, 그 자와는 몇 생의 인연이 있었는지, 어떤 인연에선 부부이기도 했다고 말했고 그때 그녀의 입가엔 살짝 수줍은 미소가 떠오르기도 했다. 마침내 긴 수다 같은 방언이 끝나자, 이번 생에서 그녀의 살해됨은 이미 긴 환생의 프로젝트에서 계획된 일이기에 큰 두려움이 없다고 담담히 말했다. 그 말에 강은 처음엔 맹랑하다고 생각했으나, 곧 소름이 돋는 것을 오랜만에 경험하였다.

소자의 수다 중 강의 앞선 생을 리딩해 주었는데 거기에는 그가 왜 지금 킬러가 되었는지에 대해서도 담겨 있었다. 그날 그녀는 그가 죽이는 사람들은 다 어떤 생에서 벌어진 일로 죽일 이유가 있는 사람들이라고 킬러인 그에게 위로 아닌 위로까지 해주는 해프닝을 연출하기도 했다.

그런데 가장 우려스러운 지점은 그에게 죽임을 당하는 사람을 부지불식간에 죽인다면 그것은 카르마가 되어 다시 무서운 인연으로 다가올 것이라고 했다. 죽음의 이유를 상대가 충분히 납득하게 해야 한다고 했다. 그것을 죽이기 전의 대화를 통해 말해줄 것을 조언했다.

물론 처음엔 강은 소자의 이야기를 믿지 않았다. 그러나 그녀와의 대화를 이어가는 과정에서 그 어떤 마력이 작용한 것일까. 강은 자신의 기존 틀 안에서 받아들여지기 어려운 세계에 흡수되는 느낌이 들었다.

그것은 드넓은 황금들녘을 지나가던 개미가 어느 날 자신이 놓인 자리가 도마 위에 놓은 식칼의 칼날 위라는 것을 알아차렸을 때 느끼는 당혹감 같은 것일 게다. 그러나 그는 작업의 칼날을 멈출 생각은 전혀 없었다.

메모리딜러 _ 137

물론 자신의 리딩은 틀릴 수 있다고 했다. 그것은 마치 초고속으로 달리는 기차 안에서 창밖에 흘러가는 작은 역사의 이름을 보고 얘기하는 것과 같아 잘못 보거나 놓칠 수 있음이라고.

 그렇게 소자는 살인자를 위로하고 격려해주며 심지어 조언까지 아끼지 않는 극도의 이타심으로 마지막 죽음의 열차에 올라탔다.

 감정기관이 사라진 강에게 이런 모습은 알 수 없는 울림으로 남았고 그 다음부터 강은 알 수 없는 불편함이 시시때때로 밀려들었다. 소자와의 강렬한 만남은 그녀를 살해한 후 오랫동안 강을 맴돌았다. 그리고 그것을 기록해야겠다고 생각했다. 책으로 만들 생각까진 없었는데 그는 그것을 의뢰인에게 보냈고 그것을 읽은 유일한 독자인 살인 의뢰인은 인터뷰 내용을 흥미 있어 하며 그 책을 팔라고 했다.

 킬러의 전직은 출판업자였기에 그건 하나도 어렵지 않은 일이었다. 그로 인한 부수입도 나름 괜찮았다.

 킬러는 두 가지 일을 병행할 수 있는 훌륭한 모델을 찾은 것이다. 출판업자와 킬러. 이 두 가지 생뚱맞은 조합은 강을 살인자로부터 숨겨주는 너무도 완벽한 갑옷이기도 했다.

그 후 그는 죽임을 당할 사람을 만나 실행에 옮기기 전, 상대방과 대화하는 것이 중요한 과정이 되었다.

다시 작가 쿰의 얘기로 돌아가자.

강이 쿰과 만나는 것은 너무도 쉬운 일이었다. 이미 둘은 오래전이긴 하지만 구면이었다. 강은 그를 찾아가 그의 집에서 인터뷰를 시도하였다. 그 인터뷰는 아주 화기애애하고 흥미진진하게 진행되었다. 쿰은 구면인 출판업자 강에게 자신의 이야기를 쏟아내기 시작했다. 강은 아직 출판 전이긴 하나 쿰의 소설을 너무 흥미 있게 읽었고 다음 작품을 꼭 계약하고 싶다고 너스레를 떨기도 했다. 강은 그 대화 중 다이렉트한 질문을 던지는 것도 잊지 않았다. 어떻게 이 소설이 그의 머릿속에서 나왔는지 궁금해 하였다. 그의 기존 소설에선 피를 보이지 않았고 잔인한 묘사보다는 상황의 공포를 잘 쓰는 작가였기 때문이다.

"당신은 그 살인 현장에 마치 있었던 것 같이 묘사하였는데 혹시 그렇게 하지 않았나요?"

쿰은 얼굴에서 웃음기를 지우고 질문을 던졌다.

"내가 진짜 그 살인자라면 어떻겠소?"

쿰의 답변에 강은 웃었다. 웃길 일이다. 진짜 살인자인 자신에게 던진 쿰의 대답에 그만 순간 웃음이 나온 것이다.

그날 강은 쿰에게서 손필담이라는 이름을 처음으로 들었다. 모든 상황의 처음엔 손필담이라는 자가 있다는 것을 알았다. 그를 만나야 한다. 그러나 쿰도 살려둘 수는 없었다. 자신이 저지른 모든 살인을 알고 있는 이를 그냥 살려둘 수는 없었다.

쿰은 갑자기 킬러로 돌변한 인터뷰어의 말도 안 되는 이야기를 듣고는 놀랐지만 곧 수긍할 밖에 별도리가 없었다.

"입장을 바꿔서 생각한다면 당신은 어찌 할 것 같소?"

강의 질문에 쿰이 대답했다.

"죽일 수밖에 없겠군요."

"그렇소. 그게 당신이 죽어야 할 이유요. 나를 너무 원망하진 마시오. 나는 당신을 죽일 이유가 전혀 없었지만 필담이란 사람 때문에 이 상황이 된 거니 그를 원망하시오. 이번 소설은 불운하게도 이 세상에 흔적을 남기지 않을 겁니다. 그건 어차피 당신의 창작물도 아닌 것이고. 단지 내 경험이고, 내 기억이 당신에게 옮겨 간 거니 세상에 내보내 진다는 것이 오히려 그동안 당신이 소설가로 쌓은 명성을 먹칠할 수도 있을 겁니다. 후대에 어떤 눈 밝은 평

론가가 너무 달라진 당신 소설을 읽고 '이건 쿰의 글이 아니다'라고 할 수도 있지 않겠소. 당신 책이 보관 중인 창고는 불이 나서 전소해버렸고 출판사의 컴퓨터는 바이러스로 인해 당신의 파일을 읽을 수 없을 것이고 당신은 자살로 생을 마감한 우울증이라는 덫에 걸린 천재작가로 세상에 알려지겠지만 그것 또한 곧 잊힐 것이니 너무 슬퍼 마시길. 죽은 예술가의 그동안 출판된 책은 다시 찾는 이가 생겨 잘 팔릴 거요. 그것이 남은 유족에게 주는 선물이 될 것이오."

쿰은 역시 작가다웠다. 모든 것을 받아들였다. 한순간 잠깐 살아보려고 뻑사리를 타려는 노력을 했지만 너무도 치밀하게 세운 강의 살인계획에 순응할 따름이었다. 그렇게 소설가 쿰의 살해에 성공한 후부터 필담을 만나기 위해 강은 많은 노력을 했고 그것이 필담과의 인터뷰를 청하게 된 전말부다.

필담은 조금 전부터 약간의 어지럼증이 생기는 것을 느꼈다. 차멀미 같았다. 기차 진행방향과 반대되게 앉은 위치 때문에 생긴 거라고 생각했는데 갈수록 더 심해지는 것을 느끼고 순간 기억이 까뭇해지더니 의자에 맥없이 쓰러졌다.

그리고 잠깐 시간이 흘렀을까. 깨어났을 때 필담은 발을 움직일 수 없음을 알았다.

그의 발이 마비되어 있었다.

커피에 들어간 강력한 수면제가 그를 잠깐 정신 잃게 했고, 그 틈에 강은 준비해온 주사를 투입했다. 그는 필담에게 미안하다고 정중하게 사과했다. 그리고 느릿하게 말을 이어갔다.

"당신은 내가 만난 살해 대상 중 가장 흥미 있는 사람입니다.

당신이 그 러브스토리를 말해주지 않았더라면 난 생각해 본 적이 없는 어떤 자비를 당신에게 베풀고 싶을 정도였는데. 당신의 러브스토리를 들으며 당신이 나의 기억을 보았다고 확신하게 되었습니다.

당신이 맞은 주사에는 시간이 지나면 자연스럽게 사라지는 독극물이 들어 있습니다 완벽한 살인을 위한 가장 쉬운 처방이죠. 독일의 약초 상인에게 구입한 건데 나의 마지막 가는 길에도 이 약을 쓰고 싶을 정도로 훌륭한 제품입니다. 마비되는 불편함만 좀 참는다면요.

목적지에 도착하기까지 조금 시간이 남아 있으니 그때까지는 살아 있을 겁니다. 시신과 여행을 하고 싶진 않거든요. 당신 이야기가 흥미 있기도 하고 더 듣고 싶은데 인터뷰를 계속 진행해도 될까요?"

마침내 필담은 그가 만난 얼음의 정체 즉 강준모를 확실히 파악하게 되었다.

"이제 나의 남은 목숨은 기차가 목적지에 도착하는 시간이겠군요."
"네, 대략 그럴 겁니다. 이제 서야 솔직한 진짜 인터뷰가 가능할 것 같습니다. 죽음을 직면하게 되면 진실을 말하게 되더군요. 대부분 나의 인터뷰이들이 보인 모습입니다. 그래서 저의 책이 흥미로운 것 같아요. 자신의 인생의 핵심 키워드들을 순간 정리하게 되는 것 같더군요."

필담은 계속 발을 움직여 보기 위해 꼼지락거려봤지만 그게 여의치 않음을 알 수 있었다. 이제 필담은 진짜 그가 최고 난이도의 미적분 문제를 만난 것이다. 이럴 때는 우선 처음으로 돌아가 복기하는 것도 필요할 것이다. 왜 그가 이 남자를 만났는지를.

그는 그제야 단단한 얼음을 깨는 것은 따뜻한 햇살이라는 것을 생각할 수 있었다. 인터뷰는 계속 되어야 한다.

Q〉 선생이 경험했다던 그 러브스토리로 돌아가 볼까요. 그래서 팔고 싶어 하는 그녀와의 거래는 성사되었나요?

A〉 아뇨, 한 치의 망설임 없이 그녀에게 말도 안 된다고 했습니다.

반가사의 주인이 어떤 남자의 사연을 저에게 들려주었어요. 그녀의 성격상 드문 일이었어요.
그 남자는 와이프가 암에 걸렸다는 것을 알게 되었는데, 그동안 아내의 삶은 그로 인해 편치 못했고 아내의 치료와 삶의 정리를 위해서라도 한국을 떠나 호주로 가려하고 있었죠. 그런데 발길이 떨어지지 않아 고민 중인데 그 이유는 여자 때문이라는 겁니다.
이유인즉슨 첫사랑이었던 여자와 세월이 흘러 다시 만나서 다시 불이 붙었고, 그녀를 잊지 않는다면 살아갈 의욕도 없을 것 같고, 갈팡질팡이었던 거죠. 한마디로.
그러나 착한 아내는 '희라는 존재 때문에 더 속을 끓였을 것이고 아내의 병은 그로 인한 것이라고 단언했습니다. 남자는 주인 앞에서 펑펑 울었고, 그래서 주인은 암묵적인 나와의 금기를 깨고 그 남자에게 나를 소개해 준 것이었어요. 주인과 나와의 관계가 아니었으면 내가 받지 않을 손님이었습니다. 젠장!

그때 저는 이런 생각이 번뜻 떠올랐어요. 만약 여자가 자신의 기억을 팔아 버린다면 나를 사랑할 수 있을까.

그녀는 내가 좀 노력만 한다면 금방 나에게서 자신이 사랑했었던 남자의 흔적을 발견해내기 시작할 것입니다. 기억은 굴곡 되고 왜곡되며 심지어 환치될 수 있기에 곧 그녀의 기억 속에 남자는 나로 바뀔 수도 있는 게지요.

그러나 여자가 자신의 기억을 팔아 버린다면 그것은 불가능해질 것입니다. 그녀에게 내가 다가갈 수 있는 통로는 없어지는 것이죠. 한마디로 나는 여자의 마음을 얻는 것에 무임승차할 수 있는 상황인거죠.

그 경우가 아니고서는 그녀가 나를 사랑할 수 있는 확률은 거의 제로라고 확신합니다.

그렇게 거절과 거짓말을 하며 나는 희와의 첫 번째 만남이 끝났습니다. 하지만 두 번째 만나기까지 그리 오래 걸리지 않았어요.

"선생! 그런데 화장실에 가고 싶을 때는 어떻게 해야 하는 건가요. 아까 마신 커피가 이뇨 작용을 촉진시킨 것 같기도 하고. 영 이야기에 집중이 안 되는군요."

죽음을 눈앞에 둔 필담이 배뇨의 욕구를 어찌 못하겠다는 것은 듣고 강은 담담히 말을 이어갔다.
"좀 참으시죠. 종착역이 얼마 남지 않았으니. 이제 마비가 상반신으로 올라오면 그 생각도 없어질 겁니다."

젠장. 살려줄 생각이었다는 사람이 이 정도의 자비심도 보이지 않다니. 필담의 요구는 탈출을 생각하거나 이 위기에서 벗어나려는 잔꾀는 결코 아니었다.
애당초 그에게 그런 생각이 없어 보였다.

"그럼 다음 이야기로 넘어가시죠. 그녀를 다시 만나게 된 사연이 궁금합니다."
"내가 다시 반가사를 찾았을 때 그녀는 이미 취한 상태였습니다. 우아한 여인이 취했을 때 무너진 모습 또한 아름다웠어요. 주인은 내 눈에 콩깍지가 단단히 끼었다고 놀리더군요."

취한 그녀가 아는 체하길래 얼른 그녀 옆에 앉았습니다. 술을 권했어요. 그건 내가 좀처럼 건드리지 않는 열대의 술로, 선인장으로 만든다는 메즈칼, 데킬라의 일종이었어요.

그것은 선인장의 가시만큼이나 독하고 강하여 좀처럼 손이 가지 않는 술입니다. 그러나 매력적인 여인의 권함 앞에선 이유를 댈 수 없겠지요. 그 술병은 이미 반 이상 비어 있었어요.

선인장 가시 운운하며 이런 술은 이십대에 마시는 술 아닌가요? 하는 나의 너스레에 그녀는 눈을 둥그렇게 뜨며 그 말, 그 말은 자신이 잘 알던 사람이 했던 말하고 같다면서 놀라는 것이었어요. 그리고는 그녀는 내게 더 친밀감을 느껴했고 우리의 이야기는 계속 이어졌습니다. 아마 우리를 누가 보고 있었다면 우린 이미 신뢰의 깊은 단계로 진입한 연인들의 모습이었을 겁니다.

나는 어느 순간 뜨끔했어요. 그러나 자책감이 들지 않은 건 아니었어요. 새어나가지 말아야 할 부분이었는데. 나도 술이 취해 그만 기억의 봉인이 살짝 풀려 작동한 거죠. 그녀를 반하게 했던 제이의 모든 것을 나는 알고 있었어요. 시간이 흐를수록 그녀는 더욱 사랑스럽게 나를 쳐다보았습니다. 내 말 한마디 손끝 하나에 그녀가 반응하는 것 같았어요.

그녀는 일어서다 휘청했고 주인의 눈치를 받으며 그녀를 화장실로 데리고 갔습니다. 그녀의 등을 두들겨주며 내려 보았습니다. 고통으로 일그러진 마른 등허리였습니다. 뼈가 드러날 정도로 앙상히 여윈 모습에 연민이 일더군요. 그때 '그녀의 기억을 사줘야 하나?' 하는 생각이 다시 들었죠.

강한 정신력으로 버티던 그녀는 잠깐 술에서 깨어난 그녀는 차 한 잔 마셔줄 수 있냐고 물었어요. 나는 그녀를 바래다준다는 생각으로 따라나서며 자연스럽게 그녀의 집 앞에 내렸고 쭈뼛하며 따라 들어가 버렸지요. 그렇게 그녀의 집에 발을 들여 놓게 되었습니다.

술집을 나올 때 보았던 반가사 주인의 표정이 잠깐 떠올랐어요. 그녀는 조그만 입을 오므리며 사고 치지 말기를 바란다고 했던 거 같기도 하고.

그러나 희는 들어가자마자 침대에 쓰러졌고 곧 깊은 수면 상태가 되었습니다.

나는 잠시 뻘쭘하게 있다가 그녀의 집안을 찬찬히 둘러보게 되었습니다.

몇 시간 전 술자리에서 희는 자신의 많은 이야기를 꺼내 놓았어요. 그녀는 제이를 만나면서 불행했던 결혼생활의 상처를 정리했다고 했어요. 그녀는 강남졸부의 아내로 규모 있는 갤러리를 운영하는 전형적인 부유층의 안방마님이었다고 하더군요. 아이는 없었어요. 희는 모든 외부활동에 양처로

써의 역할을 훌륭히 수행했지만 남편과의 정은 거의 전무에 가까웠다고 하더군요. 그 남편은 여자 수집이 취미인 듯한 사람이었고, 함께 사랑을 나눈 시간도 거의 없었다는 겁니다.

헤어지면서 전남편으로부터 받은 위자료로 삶에 불편함은 없었으나 그녀의 영혼은 그 무렵 거의 바닥을 드러내었던 거죠. 그때 첫사랑의 남자 제이를 다시 만났는데, 그건 이혼 판결을 내리는 법원이었어요. 아이러니죠.

판결자와 피고인으로써 만나는 그 불편함은 곧 거듭되는 만남으로 이어졌고 여자는 그 무렵의 공허감과 허탈감을 제이와의 만남으로 위로받을 수 있었을 겁니다. 안팎의 눈을 피해가며 만나야 했던 그들의 만남은 당연히 몹시 조심스러웠을 거예요.

그러나 남자의 아내는 가장 먼저 그들의 관계를 알게 되었는데, 그녀 희를 만났을 때 그녀가 대학 때 같은 동아리 선배인 것을 알고 할 말을 잃었던 겁니다. 이 꼬인 인연으로 아내는 더욱 어찌할 바를 몰랐을 거라는 겁니다. 그 선배를 남편이 얼마나 좋아했었는지 알았기에.

그녀 희는 당시 학교에서 여신 같은 존재였고, 반면에 아내는 존재감이 없는 학생이었다고 해요. 그녀가 어떻게 그와 결혼했는지는 그냥 너무도 뻔한 스토리입니다. 아내는 혼전에 아이를 임신했고 그것이 남자가 단호하게

메모리딜러 _ 149

첫사랑의 질풍노도를 정리하는 계기가 되었던 거죠.

수년의 공부와 고시 패스로 이어지는. 그리고 그의 아내는 그 사이 가장의 역할과 엄마의 역할을 훌륭히 수행해서 굳건한 아내의 자리를 만들었으나 이제 와서 다시 만난 첫사랑의 인연에 푹 빠져버린 이 남자를 어떻게 해야 할지 속만 끓인 거죠. 말도 못하고요.

그의 아내는 지혜로웠습니다. 아는 척하지도 않았고 투정 하나 없었어요. 항상 같은 태도로 일관했고 그와 주와의 관계가 자신의 자리를 위태롭게 하지 않기를 바라는 마음으로 살았던 것 같아요. 그 근심이 병이 된 것일까. 이른 나이에 발견된 암은 예상보다 빠른 성장으로 아내의 온몸으로 퍼졌어요.

제이는 스무 살에 만난 후 한 번도 잊은 적이 없던 희와 3년여의 유보된 시간을 이제는 끝낼 때가 된 것을 직감했습니다.

사랑했던 자의 어떤 흔적도 남길 수 없었던, 여자의 집은 역설적으로 그와의 사랑의 역사로 가득 채워 있는 것 같았어요. 이상하죠.

제이와 거래한 기억을 누구에게도 팔지 않은 나는 그녀 방의 모든 곳에 묻어 있던 그 남자의 흔적을 캐치할 수 있었던 건 전혀 이상한 일이 아니었죠. 난 그날 마치 오랜 정인의 집을 다시 찾은 것 같은 편안함을 느꼈습니다.

전 그렇게 소파에서 까무룩 잠이 들었고 새벽에 취기가 덜 깬 상태에서 그녀는 깨어나 잠들어 있는 나를 보며 순간 제이로 착각 했었던가 봅니다.

지금도 잊을 수 없는 모습이었습니다.

그녀가 나를 보고 웃더군요. 아주 환하게.

이중생활을 해야 하고, 공개적인 장소에서 볼 수 없는 두 사람에게 잠깐의 만남은 너무도 귀중한 시간이었을 겁니다.

남자는 그녀가 깨지 않도록 잠깐 그녀를 들여다보고는 소파 위에 불편한 잠을 청하곤 했었다고. 그리고 역시 숨죽여 나가곤 했는데. 잠을 잘못 이루고 수면제에 의존했던 정인에 대한 배려인거죠. 그렇게라도 그녀의 얼굴을 잠시라고 보고픈 마음이었던 거죠.

물론 그녀는 그가 들어오는 순간 깨어있었지만 일어나 그를 마중하면 새벽녘에 떠나야 하는 남자의 미안해 할 마음과 결국 떠나지 못하고 함께 잠자리에 들었을 때의 깨질 일상을 생각하며 항상 자는 척 하곤 했던 것이죠.

사랑은 지극한 배려입니다.

그만 깜빡 잠이 들어버렸다고, 너무 취했다는 등등 나답지 않은 변명을 하게 되고 그녀가 부산스레 커피를 내리는 동안 많이 망설였습니다.

그래 고백하자. 당신을 사랑하게 되었다고. 그래서 그녀의 기억을 거래하고 싶지 않았다고. 그러나 저는 결국 말하지 못했습니다.

그리고 나는 그녀의 삶에서 가장 사랑하는 이의 기억을 사버렸어요. 그녀는 한 남자를 자신의 영혼같이 사랑했던 기억을 그렇게 머리에서 영원히 지워버릴 수 있었죠.

이제 그녀는 이별의 슬픈 기억 없이 중년의 삶을 살아갈 수 있을 것입니다. 그녀의 매력이라면 좋은 인연은 다시 찾아 올 것이고 같은 실수를 하지 않고 누군가를 다시 사랑할 수 있을 겁니다. 의식은 기억하지 못할 것이나 설혹 무의식이라도 과거처럼 사랑으로 가슴 아픈 일을 만들지 않을 것입니다. 그것은 딜러로써 주제넘게 내가 덤으로 준 축복과 같은 기도였어요.

내가 이 집에서 나가는 순간 그녀는 나 또한 잊어버릴 것입니다.

그런데 희의 기억을 반가사의 주인이 사겠다고 나선 건 의외의 상황이었습니다. 사실 술집에서 그녀를 데리고 나갈 때 반가사의 여주인은 그녀의 기억을 사고 싶다고 내게 말했어요. 농담인 줄 알았는데. 하필 그녀가 왜?

이 여자는 나의 딜레마를 눈치 채고 있었던 것일까.

반가사의 주인에게 희의 이야기를 팔았고, 그래서 그녀의 기억 속에 희의 그것이 얹어졌죠. 그 후 나는 반가사로부터 놀랄만한 이야기를 듣게 됩니다.

제이가 병든 아내와 한국을 떠나기 전, 즉 자신의 기억을 팔기 전, 반가사의 주인에게 아주 특별한 부탁을 한 사실을 듣게 되었어요. 남자는 자신이 떠난 후 희는 아마 살 수 없을 거라고 하면서 그러니 그녀에게 손팔담을 연결시켜 주고 어떻게든 자신과 있었던 모든 스토리를 팔게 하라고. 그리고 그녀의 기억을 반가사의 여주인이 사줬으면 좋겠다고.

그런 부탁을 하게 된 이유는 서로가 사랑했던 기억이 그가 전혀 알지 못하는 그 누군가에게 팔리는 것은 참을 수가 없다는 거예요.

그래서 자신을 오랫동안 지켜보며 자신의 고통과 기쁨을 함께했던 친구에게 기억되는 이야기로 남기를 바란다는 것이 그 이유였습니다. 그러면서 제이는 자신이 언젠가 한국에 돌아와 이 가게를 찾아올 날이 있게 된다면 당신이라면 절대로 어떤 과거의 사정도 언급하지 않을 사람이라는 것을 믿는다고.

얼마 후 적지 않은 액수의 돈이 반가사의 통장으로 들어왔고 그녀는 제이의 말이 농담이 아님을 알게 되었다고 했어요.

그렇게 그녀는 어쩔 수 없이 이 일에 연루되게 되었다고 고백하더군요. 당황스럽게도 내가 희에게 순간 혹 빠지는 것을 보면서 반가사 여주인은 당황했지만 그동안 보아온 나에 대한 신뢰가 있었기에 믿었다고 하더라고요.

Q〉그렇게 끝인가요.

A〉아뇨 조금 더 에필로그가 남아 있어요. 그리고 한 일 년 여 지난 어느 날, 제이는 잠시 국내에 귀국하게 되어 반가사를 찾아왔던 적이 있습니다.
여주인의 반가움은 거의 열광의 수준이었어요.
나는 우연히 그 자리에 함께 있었는데 그 환대가 마치 한 편의 코미디처럼 느껴져 웃지 않을 수 없었어요. 반가사의 여주인이 연인의 마음이 되어버린 거죠. 단골손님, 혹은 친구가 아니라.

반가움으로 얼굴 가득 열꽃이 피어오르며 허둥대는 주인을 보며 당황한 것은 오히려 손님인 제이였어요. 이건 모지? 너무 지나친 환대인데… 하는 분위기였습니다.
남자는 자신이 맡기고 간 술이 아직 남아 있는지 물었어요.
물론 있죠. 당신의 술은 이 가게가 존재하는 한 영원히 보관 중일 거라고 말하며 일 년 전 어느 날 보관해두었던 걸 꺼내 건네주더군요.

남자는 익숙하게 병을 들어 한 잔을 따르더군요.

나는 보았어요. 순간 남자의 멈칫함을.

술을 보관할 땐 맡긴 이의 이름을 병 표면에 적어 넣게 마련이거든요. 거기에 분명 남자의 이니셜과 주의 이름이 나란히 휘갈겨 있었어요.

제이는 위스키로 입술을 축이며 첫 맛을 음미했어요.

아마 술 이름이 그랑모량쥬라는 것 같아요. 비싸진 않지만 품위있는 위스키죠.

짧은 10여초의 침묵이 흐르고.

남자는 병위에 남겨진 그 사인에 눈을 떼지 못했어요.

어떤 질문도 어떤 미동도 없이.

그리고 남자는 두 번째 잔의 위스키를 따라 입안에 털어 넣었습니다.

내가 제이의 눈에 눈물 한 방울을 본 것은 그때였습니다.

Q〉 기억의 거래가 완벽하지 않다는 건가요?

A〉 글쎄요 저도… 잘… 모르겠…. 싸붕이라면 알까? 그를 다시 만나게 될 때 물어봐야겠어요.

그 일 이후 난 거래에 흥미를 조금씩 잃기 시작한 것 같아요. 뭔가 복잡해지는 이 상황들과 꼬이는 운명들을 보며 피로감을 느끼기 시작했어요.

열차에 안내방송이 나온 것은 그때였다.
도착 시간이 조금 연착된다는 것이다. 그 이유는 어딘가 앞선 선로에서 작은 사고가 났고 그것이 유일한 하나의 선로로 달리는 기차들을 줄줄이 지연시키고 있다는 것이다. 기차의 속도가 줄어드는 것을 확실히 느낄 수 있을 정도였다.

"똥차 때문에 줄줄이 밀리는 상황이 되었습니다 그려. 이런 상황에 하필 낡은 농담이 생각나는군요."

인터뷰어도 필담의 그 말에 순간 웃음이 피식 나왔다.

"유예된 시간이군요. 당신의 이야기를 하나 더 듣고 싶군요. 가능한가요?"

강은 가슴 안쪽주머니에 납작한 모양의 작은 보온병을 꺼내 들었다.

"비상용입니다. 나의 심장의 온도에 맞춰 데워진 위스키. 이걸 한 잔 마시면 훨씬 맘이 편해지실 겁니다."

필담은 말을 이어갔다.

유예된 삶을 사는 사형수의 심정이 이런 것일까 하는… 내가 비슷한 상황에 놓이니 그때 그분의 마음이 이해가 가는군요.

내가 그 사형수를 만난 건 어느 신부님의 간곡한 청 때문이었어요. 그 신부님은 사형수의 영적 상담자였는데 사형을 구형받은 사형수의 고통은 이루 말할 수 없다고 하더군요. 말로는 표현할 수 없다고.

그는 신부님을 만나 세례도 받고 죄 사함을 얻었다고 합니다. 하나 그것으로 인해 자신이 저지른 범죄에 대한 고통이 사라지진 않아 괴로워하는 젊은이였어요.

근자에 자살 시도를 했다고 하더군요.

그러나 어쩔 수 없이 목숨은 다시 살려 냈어요. 자신을 살려낸 사람들을 원망하는 그를 보며 신부님은 처음엔 이해가 안 갔다는 겁니다.

증오로 가득했던 지난날의 삶은 오히려 참을만했다는 거예요. 그러나 자신의 죄가 얼마나 극악한가를 알고 그로 인해 고통 받았을 피해자 가족들을 생각하면 할수록 미칠 것 같다는 호소는 신부님을 혼란스럽게 했습니다.

사형수의 본성이 생각보다 많이 이타적인 사람이었던가 봅니다.

신부님은 하느님의 조건 없는 모든 것에 대한 사랑을 말하지만 자신이 그러하지 못함을 너무 잘 알아서 매일 회개하는 것이 일상이라고 했습니다.

그 사형수는 어느 날 신부에게 부탁하기를 국가에 청원을 넣어달라고 했어요. 자신을 빨리 사형시켜 달라고요. 그의 진실한 눈빛을 읽은 신부는 감동을 받은 겁니다.

그리고 저를 만나게 되었습니다.

사실은 그 신부님의 한때 심각한 알코올 의존을 제가 해결해 드린 적이 있었거든요.

신부님은 기도와 본인의 의지로 끊은 걸로 주변 분들은 알지만 본인만은 그렇지 않음을 아는 거죠.

어느 날 그분이 반가사에서 술 내놓으라고 소리 지르는 것을 제가 목격하게 되었습니다. 게다가 그가 그 근처에 있는 본당의 신부라는 것을 듣고 저는 쭉 그를 관찰하게 되었지요. 본의 아니게 말입니다.

어린 시절 그가 가진 결핍의 기억이 알코올 홀릭의 원인이었던 겁니다. 그는 그걸 꺼내 놓았습니다.

그 후 그는 더욱 더 신념 있는 사제로써 최선을 다하였고 교도소와 사회적 약자를 보살피는 바쁜 날을 보내고 계신 분입니다.

신부님이 사형수 이야기를 하셨을 때 저는 말도 안 된다고 펄쩍 뛰었습니다. 그런 자의 살인의 기억을 거래한다는 것이 저에게도 고역이었거든요.
　우선은 만나보자고 하기에 따라나섰죠.

　증오로 키워진 아이였어요.
　나이는 서른여섯 일곱쯤, 그를 보면 마음이 움직일 거라는 신부님의 생각은 적중했습니다.
　사람이 살아가는 의미에 대해 생각하게 되더군요.
　태어나면서부터 불행했던 삶의 이유들에 대해, 이 사회의 불공평함에 대해, 그를 보며 말할 수 없는 연민이 일어났어요.
　저는 그에게 물었어요. 가장 고통스런 기억이 무엇인지를요.
　그의 대답은 의외였어요. 몇 명의 사람을 집단으로 죽였던 그날, 그 살인이 이루어진 그날 아침 엄마와 보낸 기억이라고 하더군요.
　그날이 자기 생일이었는데 집에는 아무것도 먹을 것이 없었다고 했습니다. 허리를 다쳐 일도 못 나가고 몸져누워 있는 엄마는 그 와중에 그를 위해 무언가를 부엌에서 준비하고 계셨는데 그건 아마도 생일날 아침을 먹이고 싶은 어미의 마음이었을 겁니다.
　그때 그는 엄청난 살의를 느꼈다고 했어요. 그날의 아침의 기억을 지우고 싶다고 하더군요. 그것이 사건의 발단이었다고 하더군요.

메모리딜러 _ 159

불행의 씨앗으로 자신을 세상에 태어나게 한 엄마를 향한 분노가 사건의 발단이었던 겁니다. 이 세상을 향한 알 수 없는 막무가내의 분노가 튀어나온 겁니다.

이후 사형수는 자신의 어미를 잔인하게 죽였고, 전혀 연관 없는 묻지 마 살인을 저지르기 시작한 겁니다. 용서할 수 없는 행위였습니다. 사회의 여론은 그를 무기징역도 모자라 사형으로 확정했고 그는 그렇게 10년째 복역 중인 사형수가 된 겁니다.

엄마를 찌른 그날의 흉기를 잊을 수가 없다고 했습니다.

나는 그 정도의 악범인지는 몰랐습니다. 그저 그런 우연한 실수로 누군가를 살인한 범죄자로 알고 있었는데 그것보다 한참 더 심각한 수준이었어요. 그 사형수 존재의 무가치함에 대해 나는 저항하고 있었던 거죠. 살 가치가 없는 인간이었고 태어나지 말았어야 했다고 생각했습니다.

그런데 그 다음 말이 나를 움직였어요.

그의 엄마가 자신에게 미안하다고 했다고. 그가 가장 지워버리고 싶은 기억은 바로 그것이라고 하더군요. 자신을 혼낸 것이 아니라 심장 깊숙이 칼을 꽂은 아들에게 미안하다고 하다니. 이게 무슨. 가당치도 않은 상황이 나는 거죠.

짐승처럼 우는 사형수를 보았습니다. 저렇게 십년을 살았고 죽을 때까지 사형이 집행되지 않는다면 저 기억을 가지고 살아야 하는 그가 다시 보이기 시작했습니다.

죽기 직전의 엄마가 했다는 그 말이 생각되어지더군요. 자신이 만든 아이를 범죄자로 그것도 친모를 살인한 가장 흉악한 범죄자로 만든 그 미안함을 말이죠.

그래서 제가 그의 기억을 사게 된 겁니다.

얼마 전 그는 무기수로 감형되었다고 하더군요. 나는 그에게 어떤 기억 하나를 서비스로 팔았습니다.

서비스라는 게 좀 우습게 들리시겠지만 적당한 용어가 없군요.

그가 감옥 안에서 긴 세월을 무료하게 보내는 것에 대한 방법이 될 수 있는 거로요.

그는 조각보를 만들기 시작했어요.

덩치 큰 남자가 집중하여 한 땀 한 땀 바느질하는 모양이 좀 우습지만 그 조각보가 세상에 알려지면서 작은 파문이 있었다고 하더군요.

'불행으로 기워 만든 행복'이라는 제목으로 그의 조각보는 보는 이들을 감동케 하였다고 합니다. 신부님께 선물한 조각보를 본 신자 중 한 분이 갑자기 펑펑 울었고 그 조각보들은 그 후 묘한 울림이 되어 세상에 알려지게 되었다고 하더군요.

그 신자 분은 얼마 전 아이를 잃은 엄마였어요. 하느님께 아무리 기도를 드려도 위로받지 못하던 그녀가 조각보에 마음을 내어놓게 된 거죠.

반가사 여주인도 그걸 보더니 한마디 하더군요.

엄마의 마음 때문이었을 거라고.

기차는 서서히 속도를 내고 있었다. 기내방송에서는 선로가 복구되어 정상운행을 시작한다는 안내가 흘러나오고 있었다.

001 살인청부업자와 예언하는 여인
002 살아 돌아온 딜러들은 할 말이 많다

sequence 3

시퀀스 03

001

•

살인청부업자와 예언하는 여인

 강준모는 사형수 이야기에 즉각 반응을 보이지 않았다. 생각할 거리가 많은 영화를 감상한 후, 푹 파묻혀 있던 의자에서 빠져나오는데 시간이 좀 걸리듯이 말이다.

 강은 천천히 입을 떼었다.
 "당신을 인터뷰 한 건 정말 훌륭한 책이 될 것 같습니다. 그런데 말이죠. 지금까지 당신 이야기를 들으면서 궁금한 게 생겼습니다. 그 거래의 순간을 보고 싶군요. 잠시 후면 선생은 이 세상 사람이 아닐 것이기에 그것을 직접 봐야 이 인터뷰의 화룡정점이 될 것 같습니다. 그런데 불행히도 이곳엔 선생과 나 이외엔 없으니 내가 그 거래의 당사자가 될 수밖에 없겠군요. 나와 거래 하실 생각은 없으신가요?"

필담도 대답에 잠시 뜸을 들였다.

"나를 죽이려는 살인자와의 거래라. 거래는 물론 가능합니다. 죽기 전에 뭔 짓을 못하겠습니까. 그래 선생이 파시고 싶은 기억은 뭔가요?"

강은 마른침을 삼키며 말을 이어갔다.

"저는 소자를 죽이고 싶지 않았습니다. 그녀가 나에게 보인 자세는 이미 말했듯이 한 번도 경험하지 못한 어떤 신선한 분위기였습니다. 그녀가 나의 전생을 읽어 주었을 때 나는 그녀가 나에게 어떤 중요한 말을 하지 못하고 머뭇거린다는 생각이 들었어요. 나에게 그녀를 죽여 달라고 청부한 이는 유명 정치인이었어요.

세상을 지배하고 싶은 꿈을 꾸었고 그 실현을 바로 목전에 두고 있었어요. 소자는 그에게 경고했다고 했습니다. 그가 집권하면 수천 명을 죽일 거라고. 그 이야기를 전해들은 자는 노발대발 했다고 합니다.

그러나 예상은 들어맞았어요. 그가 정권을 잡자마자 그런 일이 생긴 거죠. 그래서 예전에 했었던 그녀의 예언은 권력자를 불편하게 만들었고 그녀가 이 세상에서 사라지길 바라게 되었던 겁니다."

***

이후 강은 자신의 이야기를 마치 한편의 기록 영화처럼 구술하였다.

강이 소자의 공간을 찾는 것은 살인과정의 수순이었다.
강의 방식은 치밀하게 계산하는 살인이며 그로 인해 어떤 뒤탈도 없이 완벽하게 정리하는 것을 원칙으로 삼았다.
그녀의 상담소는 오피스텔이었는데 상가형 건물의 12층에 있었다. 그곳은 번화가에서 조금 떨어지긴 했으나 오가는 사람들이 상당히 많은 곳이다. 그 위치가 좀 신경 쓰이는 상황이었다. 그가 차례를 기다릴 때 고등학생쯤 되어 보이는 남자와 엄마가 대기하고 있었다. 아이는 많이 침울해 보였고 엄마는 그런 아이에게 눈을 떼지 못하고 있었다.
안내인이 대기하는 이들에게 궁금한 것을 물어볼 것을 미리 적어달라는 종이를 주었다.

'궁금한 거라니?'

그는 피식 웃다가, '당신이 언제 죽는지 알고 있나?' 이렇게 적은 종이를 구겨 버렸다. 그리고 안내인에게 무엇을 물어봐야 하는지를 되물었다.

지금 선생님이 가장 고민하는 문제를 적으시면 됩니다. 그것이 구체적일수록 상담에 도움이 되거든요.

'앞으로 나의 일을 언제까지 해야 하는 걸까요?' 라고 적었다.

그녀는 그가 맡은 세 번째 청부살인 의뢰였다.

앞으로 몇 명을 더 죽여야 이 일로부터 자유로워질 수 있을까? 이런 질문이 강의 머릿속에 떠올랐다가 사라졌다.

그 사이에 들어갔던 소년과 엄마가 나왔다. 그 엄마의 눈은 울어서 부어 있었다. 아이는 자세히 보니 몸이 성치 않았다. 소아마비였다. 게다가 심각한 틱 장애를 가지고 있었다.

그의 순서가 왔다.

그녀가 손님을 맞이하는 공간은 정갈했고 공기엔 알 수 없는 향기가 떠돌고 있었다. 그녀 뒤에 걸려있는 형상은 이 공간 자체를 하나의 만다라처럼 보이게 만들었고 그 원의 중앙에 그녀가 앉아 있는 것 같았다.

　소자는 작고 낮은 목소리로 물었다.

"우리가 만난 적이 있었나요?"
"아뇨 처음입니다."
"무슨 일을 하시는지요?"
"책을 만드는 일을 하고 있습니다."
"당신은 사람 책을 만들겠군요."
　처음엔 강준모는 그 말의 뜻을 잘 알아들을 수 없었지만, 곧 이해했다.
"네, 그런 셈이죠. 사람에 관한 책들입니다. 모든 책은 사람이 사람의 이야기를 쓰고 있으니 사람 책인 셈이죠."

　싱거운 답변을 늘어놓았다, 일종의 물 타기식 대화랄까.
　그녀는 다시 침묵 속으로 들어갔다.

　그건 마치 무협지에서 나오는 자신의 주변에 결계를 치는 느낌과 유사해 보였다. 그녀와 채 일 미터도 떨어지지 않고 마주 앉아 있었지만 그녀의 공간은 침범할 수 없는 고요 그 자체였다. 그리고 그녀가 상대를 바라보긴 했으나 그 눈은 상대를 보기 보다는 공간에 머물고 있는 공허함이었다. 이상의 그 너머를 보고 있는 느낌이랄까. 다시 눈을 감았고 공기는 더욱 고요해졌다. 방안엔 그녀와 강의 호흡만이 떠돌고 있었다.

참으로 고운 자태의 여인이다. 긴장을 풀고 강은 그녀를 관찰했다. 숨이 막히게 예쁘고 관능적인 여자를 몇 명 본 적도 있었다.
그러나 소자는 섹시하지도 예쁘지도 않았다. 가는 눈매며 턱선이 요즘의 인조 미녀들과는 확연히 다른 모습이었다. 곱다는 것이 그 여인을 표현하는 적당한 말일 것이다.

그녀가 눈을 뜨고 강을 직시했다.
"며칠의 말미를 주시죠. 당신이 내게 온 이유를 알고 있습니다."

아하! 강은 순간 당황스러워 무슨 말을 해야 할지 몰랐다.
그녀는 진짜 예언자이거나 굉장한 사기꾼이거나 둘 중 하나일 것이다.
강은 긴말 없이 조용히 그녀의 방에서 물러 나왔다.

그러나 강의 직업의식은 그녀의 공간 구조와 CCTV의 위치 그리고 안내자의 상황 등을 보는 것을 잊지 않았다.

"토요일 오후가 좋습니다."
나가는 뒤 꼭지에 대고 그녀는 말했다.
"그때는 카운터도 없이 저 혼자 이곳을 지킵니다."
모르는 사람이 듣는다면 이건 무슨 데이트 약속을 정하는 것으로 들릴 것이다.
미모의 예언가와 킬러의 첫 미팅은 그렇게 끝이 났다.

***

갑자기 말문이 터진 킬러 즉 인터뷰어의 말을 필담은 계속 경청하였다.
필담은 수분 후면 닥칠 죽음의 그림자를 잠시 잊은 듯하였다.

두 번째 그녀를 만나러 가기 전엔 저는 의뢰인이 어떤 사람인지를 알고 싶었고 그래서 그녀에 대한 정보를 더 알아보았습니다. 그건 어쩌면 이 일감을 거절하고 싶었기 때문이기도 했어요. 저는 극도의 이기주의자입니다. 내 몸의 터럭 하나를 뽑는 것이 나의 즐거움을 방해하는 일이라면 그것이 천하를 구하는 일이라도 하지 않을 게 바로 접니다.

아마도 내가 킬러로써의 완벽한 자격조건을 갖췄다면 그런 극도의 이기심 일겁니다.

몰입의 즐거움. 살인을 계획하고 그것을 준비하고 행하고 뒷마무리하는 그 과정의 몰입은 그 어떤 쾌락도 따라가지 못하는 것을 알았어요. 첫 번째 살인 직후였어요.

이미 얘기 했듯이 이곳에 발을 들여 놓은 건 우연이었습니다. 궁핍함이 만들어 낸 거절할 수 없는 유혹이었죠. 그러나 지금은 아닙니다.

선생! 화장실에서 태어나, 세상에 나온 직후 코인로커에 버려진 아이를 상상해 보신 적이 있으세요? 영화에나 나올법한 비극적인 이야기죠.

제가 그런 인생입니다. 끈질긴 생명력으로 살아남았습니다. 고향도 엄마도 없이. 입양과 파양을 거듭했습니다. 나의 유전인자는 뛰어났나 봅니다. 일찍 글을 깨우쳤어요. 아니 기억만으로 글자를 외워버렸어요. 우연히 펼쳐 있던 입양서류를 보고 저의 태생을 알았습니다.

제가 어떻게 발견되었는지 당시 지하도에 설치된 CCTV에 고스란히 기록되어있었습니다. 지하철 공중변소에서 나를 낳은 여자는 숨을 쉬지 않는 갓난아이를 자신의 옷으로 돌돌 말아 보관함에 버리고 달아났던 겁니다.

그것이 나의 시작입니다. 아이의 몸을 싸고 있던 옷으로 봐서 엄마가 어린학생이었을 거라고 추측할 뿐이었죠.

아이는 뒤늦게 살려고 울기 시작했고 그것이 새벽 지하도에서 깨어난 노숙자의 귀에 들렸지만 그는 무시해버렸습니다. 첫 번째 행인에게 구조되지 못한 아이는 출근길의 소음 속에 묻혀 버렸고 구원은 가당치 않은 듯이 보였습니다.

그런데 반전은 아이를 살린 게 다른 여학생이었던 겁니다. 등교를 포기한 여자 아이는 사복으로 갈아입으려고 코인로커 앞에서 서성였죠. 예민한 귀에 뭔가가 들린 거죠.

이 모든 이야기는 내가 중학교를 마칠 무렵 경찰관에게 들은 이야기를 종합한 겁니다. 그는 어떤 청소년 성교육 강연에서 나의 이야기를 자세히 들려주더군요. 자신이 겪었던 일이라고 하며. 살아남은 그 아이가 커서 그 강연을 듣게 될 거라곤 상상을 못했을 겁니다. 그날의 자리는 아마 청소년의 성에 관한 훈계 또는 사건들에 관해 일선 경찰관들이 직접 사례를 전하는 그런 자리였을 겁니다. 그것을 제가 듣게 된 거죠.

 누군가를 죽이고 싶다는 살의가 그때 처음 생겼어요. 그 경찰관은 그때의 동영상의 기록을 모두 본 사람이었어요. 그는 얼마나 많은 사람이 코인로커 앞을 스쳐 갔고 그 생명을 구해달라는 소리를 듣고도 무심히 지나쳤는지를 얘기하지 말았어야 했어요.

 그 경찰관은 처음엔 적나라하게 얘기할 생각이 없었을 겁니다. 그러나 자신을 응시하고 있는 미래의 범법자가 될 수도 있을 무심한 수백의 아이들을 보다가 문득 가능한 공포심과 분노를 심어주고 싶었던 것 같습니다. 그것이 자신의 본분이라고 생각한 거죠.

 48시간 동안 그 앞에 수십 명의 목격자 아니 수백 수천이 그곳 지하도의 코인로커 앞을 거쳐 갔습니다.

 놀랍지 않으세요? 그 무심함이….

 더 놀라운 것은요, 살겠다는 아이의 생존본능입니다.

 나는 강연을 마치고 돌아가는 경찰관을 뒤를 밟으며 몰래 돌을 날렸습니다. 물론 빗나갔죠. 그 후 나는 살의로부터 자유로워지지 않았고 결국 수차례 그의 뒤를 미행하다가 아주 우연히 낙하물에 맞고 삶을 마감할 수 있게 만드는 데 성공했습니다.

나, 강준모의 생존에 대한 비화를 알려준 그리고 그것을 계속 세상에 떠들고 다닐 그를 세상에서 제거한 것이 나의 자존감을 살린 것은 아닙니다.

그러나 어쨌든 그 이후로 불쾌함에서 조금은 편해졌습니다.

아무것도 거리낄 것이 없는 느낌. 두려움이라는 단어가 뇌의 사전에서 제거되어진 것 같다고 할까. 그 후 나는 국가의 보호 안에서 모범적으로 양육되었습니다.

나는 꽤 우수한 모범생이었습니다.

자존감이 제로인 나의 장점은 뭔가에 잘 빠질 수 있다는 것이었어요. 그렇게 해서 나를 초월하는 아니 자신을 잊는 방법을 일찍 체득했을 수도 있고요.

그렇게 빠지는 것은 주로 쾌락을 위한 모든 것들이었습니다. 내가 할 수 있는 것은 쾌락의 추구임을 본능적으로 알았습니다. 언제 나를 거둬갈지 알 수 없는 이 세상에서 뿌리도 근본도 알지 못하는 나에게 걷잡을 수 없이 큰 외로움이 몰려올 때마다 나는 더욱 쾌락주의자가 되어갔습니다.

그녀가 죽기를 원하는 사람이 누구인 것을 알고 난 후, 두 번째 방문 날이었습니다.

'토요일 오후에 오세요'라며 그녀가 홀리듯이 말했던 그 시간이었죠.

그녀는 차를 대접했습니다. 그 맛은 깊고 달았습니다. 끝맛은 시큼한 것이 입안을 개운해지는 그런 차였습니다.

다섯 가지에 하나의 맛이 더해진 차라고 하더군요. 나는 두서너 가지 재료는 감별할 수 있었습니다.

그때 그녀가 나를 다시 리딩하고 싶다고 했습니다.

그 말은 굉장한 유혹이었지만 나는 망설였습니다. 지금까지 내가 버텨온 것이 무너질 것 같은 두려움이었어요.

나의 침묵은 완강한 거절이라는 것을 그녀는 알고 있었습니다.

"이건 당신의 동의 없인 불가능한 일입니다." 라고 말하며 그녀도 더 이상 요구하지 않았어요. 그리고 자신의 이야기를 시작했어요. 그때 그녀가 처음과 달리 좀 수다스러운 면모가 있음을 알게 되었죠

그녀가 태어난 목포엔 한가운데 산이 있고 그곳엔 부추밭이 많아 해풍을 머금은 부추가 푸른 이파리를 흔들릴 때마다 뿜어 나오는 향기는 그 일대로 퍼져 반경 1키로 안에서도 그 향기를 맡을

수 있다고 하더군요.

그곳 어디가 자신의 마지막 자리라고 했어요. 그녀는 그곳에서 나고 자랐다고 했습니다. 짧지만 아름다운 유년 시절의 기억은 부추 향기에서 비롯된다고 하더군요.

그녀의 매력 있는 수다에 강준모는 곧 빠져들었고, 그 이야기를 들으며 마치 강은 그곳에 서서 그녀와 같은 바다를 바라며 부추 향기를 맡고 있는 느낌이었다고 했다.

필담은 계속 이어지는 살인자의 말에 끌리며 빨려 들어가고 있었다.

소자는 그 풍경에 매료된 후로 항상 여행을 꿈꾼다고 했어요.

배가 푸른 바다를 향해 굼뜬 움직임을 시작하는 시간이고, 먼 섬들이 육지를 향해 귀를 쫑긋 세우는 모습이 한눈에 들어오는 맑은 아침이라고 했어요. 그녀가 좋아하는 유달산의 한 지점에서 큰 호흡을 들이쉬고 내쉬면 공기 속의 투명한 알갱이들과 땅의 기운이 모아져서 가벼이 해풍에 올라타고 자유로운 여행자가 되어 긴 여행을 시작하기에 가장 좋은 날이라고 했어요.

저는 소자의 수다를 공감의 뜻으로 고개를 끄덕거리며 경청했습니다.

두 번째 날은 그렇게 지나갔습니다. 그녀는 그냥 나가는 나를 향해 고개를 까닥하며 곧 찾아오시라 하더군요. 거참 난감한 상황이었어요.

자신을 죽일 사람을 몰라보는 멍청한 예언자에게 어떤 분노감이 훅 치밀어 올랐습니다.

그러나 나는 친절하게 그녀에게 여행이 필요하신 것 같으니 떠나보시라는 말을 해주었습니다. 그녀가 상담소의 문을 닫으면 살인을 유보할 핑계가 생기니 말입니다.

세 번째 방문은 며칠 후였습니다.

나의 예감은 맞았어요. 나는 소자를 그만 사랑하게 되었습니다.

잠시도 그녀가 내 머리에서 떠나지 않았습니다.

나는 킬러로 내 존재에 의미부여를 하게 된 사람입니다.

그러나 바다를 건너야 하는 전갈이 자신의 등을 허락해 준 친절한 개구리를 사랑하였다고 전갈의 천성을 버릴 수는 없는 것이죠. 물을 건넌 후 전갈이 개구리를 부지불식간에 찌른 것은 본성이지요. 사랑을 배신한 것은 아닐 것입니다.

그날은 살인을 실행에 옮기기 좋은 날이었어요. 그녀의 일거수일투족을 잘 파악한 나는 네 번째 만남이 이루어진 밤에 그녀와 다시 마주 앉았습니다.

"나를 읽어주십시오."

갑작스런 제안이었을 겁니다. 나의 요구를 듣더니 그녀는 자신의 이야기를 풀어내던 부산스러운 태도를 내려놓더니 조용히 말을 이어갔어요.

"누군가에 대해 리딩하는 것은 시속 삼백 키로로 달리는 열차 안에서 창밖으로 흘러가는 간이역의 이름을 정확히 읽고 얘기해야 하는 것과 같다."고 했습니다.

그녀는 귀여운 수다는 멈추고 극도의 깊은 침묵 속으로 들어갔습니다. 그 순간이 바로 그녀를 고통 없이 죽여줄 수 있는 때임을 나는 알고 있었지요.

***

그러나, 강은 실행에 옮기지 못했다.

그녀는 고요함 가운데 말을 꺼내 놓았다. 강의 생에 대해서 그녀가 보이는 모든 것을 이야기하기 시작했다. 그러나 강의 귀에 그것이 제대로 들리지 않았다. 오로지 세상에 태어나 처음으로 사랑하게 된 여인을 어떻게 죽여야 하는지를 생각하느라 그의 이마엔 땀이 다 맺히고 있었다.

순간 그녀가 감았던 눈을 갑자기 뜨며 말했다.

"괜찮아요. 저는 어느 한 생에서 당신을 버렸던 여자입니다. 나는 한 생의 깨달음을 위해 아주 잔인하게 당신을 버렸던 카르마가 있는 사람입니다. 구도를 위한 나의 이기심 때문이었죠. 제가 당신에게 죽임을 당하는 것은 이미 오래전부터 계획된 일일 겁니다."

순간 그는 그를 낳아 버린 얼굴도 모르는 여자를 떠올렸고 그녀가 소자로 오버랩 되었다.

이틀을 차가운 코인로커 안에서 울고 있는 갓 태어난 핏덩어리의 고통을 느꼈다. 수천의 사람들이 외면하고 그곳을 지나쳤다. 왜 하필 이때 그녀가 나를 가장 분노하게 하는 말을 했던 건지 알 수 없다고 했다.

"그녀의 의도된 행동임을 이성적으로는 느꼈지만 몸은 그것을 제어할 수 없었습니다. 원래 그렇게 잔인하게 그녀를 죽일 생각은 없었어요. 그냥 단 한 번에 고통 없이 죽이고 싶었던 나의 계획은 걷잡을 수 없는 분노로 인해 가장 잔혹하게 그녀를 살해했고, 곧 정신을 차리고 그 현장을 빠져나왔어요. 그리고 그 사건은 미제사건이 되었습니다. 난 그 후에도 몇 건의 청부 살해를 아주 성실히 아무런 흔적도 남기지 않고 해치웠어요."

강은 자신이 소자를 죽인 살인의 장면이 그 누군가에 의해 소설책으로 만들어져 출판된다는 것을 알게 되면서 작가를 죽이는데 그 과정에서 소설가로부터 필담의 이야기를 듣게 된 것이다. 그리고 강은 필담이 그녀가 리딩한 내용을 어떻게 알 수 있었을까를 궁금해 했다.

필담은 열차의 목적지가 얼마 남지 않았음을 알기에 그의 궁금증에 답을 해줘야겠다고 생각했다.

"일종의 기억의 순환이랄까요."
필담은 입을 떼었다.

나는 소자의 악몽을 다른 이에게 팔아 준 적이 있었고 그 과정에서 그녀에게 놀라운 예지력이 있다는 걸 알 수 있었어요. 그것이 악몽에 시달린 이유 일 수도 있을 겁니다. 그녀는 그 악몽에서 당신을 보았던 겁니다. 자신이 어떻게 죽는지 본 거죠. 당신에게 죽임을 당할 거라는 것을 안거죠. 처음 당신이 그녀의 오피스텔을 방문한 후 소자는 나와 만났습니다. 그건 내가 그녀의 악몽을 거래하고 얼마 지나지 않아서였어요.

그날 그녀는 인연에 대해서 나에게 의미 있는 말을 해주었어요. 그리고 또 하나의 거래할 물건을 숙제로 남겨주었습니다. 바로 당신을 리딩한 내용이었어요. 당신은 어떤 생에서 그녀와 너무도 밀접한 사람이었고 사랑 그 이상의 대가를 치러야 할 대상이었던 것 같더군요.

그녀가 지닌 자제력으로 곧 다시 찾아올 당신을 만날 수 없을 것 같으니 강준모, 당신을 리딩한 모든 것을 내게 팔겠다고 했어요. 나는 그때의 악몽을 거래하기도 쉽지 않았기에 망설였지만 반가사 여주인의 얼굴도 떠오르고 해서 거절하기 어렵더군요.

그녀도 약한 인간입니다. 당신이 지금껏 행했던 모든 행위에 대한 분노를 자신 안에 둘 수 없었던 겁니다. 그리고 무엇보다 갓난아기가 겪은 슬픔과 분노와 이 모든 것이 자신과의 전생의 카르마로부터 연유한 것을 알고는 죄책감과 연민으로 견딜 수가 없었던 겁니다. 자책하더군요.

이해하지 못했어요. 소자가 스스로가 행하지 않은 일에 왜 그녀가 고통을 느끼는지. 보통사람은 이해하기 어려운 것이었죠. 나 또한 그러했습니다. 그러나 그녀의 기억을 거래한 순간, 전해왔던 그 슬픔의 감정은 엄청 생생합니다.

소자의 기억을 다시 산 그날 나는 반가시를 찾았습니다. 여주인은 그날 소울메이트인 소자의 마지막 죽음의 리딩을 전해 듣더니, 어떤 것도 구애받지 않을 만다라, 둥근 원을 하나 캠퍼스에 그리더군요.

반가시는 악몽을 거래한 후 몹시 마음이 아파하는 나를 진심으로 위로해주고 싶어 했습니다. 그리고 그날 아주 아주 오래 진심으로 나를 품에 안아주었습니다.

우린 소자의 죽음을 예감하며 많이 취했어요.

슬픔으로 취했고 술로 취했죠. 만다라가 그려진 캔버스는 그런 우리를 보고 있었고요.

여주인은 물에 관한 이야기를 하나 해주었습니다.

지구가 탄생한 이후 단 한 방울의 물도 이 지구를 떠나지 않았을 거라는 겁니다. 지구 대기권에 구멍이 나거나 중력이 없어지지 않는 한 가능하지 않다는 거예요.

그렇게 묽은 적게는 우리 몸의 땀구멍으로부터 나가서 이 대기권을 순환하고 대양을 만나고 어느 들판의 이름 없는 풀의 생명을 유지해주고 다시 구름을 만나 물이 되고 지하로 들어간 후 정화되어 인간의 몸 안으로 돌아오는 위대한 순환계를 만들고 있다는 거죠. 저 만다라처럼요.

기억도 마찬가지라는 거예요. 인간의 모든 기억은 순환할 뿐입니다. 과거와 현재 그리고 미래. 우리는 현생과 전생이라고도 하죠.

그런데 기억의 순환은 그 고통의 기억을 정화할 수 있는 순환계를 찾지 못한다고. 그래서 이러한 편법을 사용할 밖에는 달리 방법이 없다고. 그래서 나와 같은 딜러가 필요한 이유가 설명되는 것이죠.

얼마 후 소자는 살해당했고, 그건 영구 미제사건이 되었고 나는 다시 찾아온 공포작가에게 그녀의 기억을 팔았습니다.

그는 그것으로 한 편의 위대한 역작을 썼지만 세상에 내놓지도 못하고 죽게 되었습니다. 결론은 나의 순환방식이 잘못된 거죠. 한마디로 뻑사리 난거죠.

아침에 내가 뽑은 여덟 개의 패는 '서리를 밟고 가다 보면 단단한 얼음벽을 만난다'였는데 그게 생각보다 크고 단단한 절벽임을 이제 명확히 알게 되었습니다. 이것이 당신을 만난 이유입니다. 당신은 대단한 빙벽입니다.

필담은 하반신 마비가 위로 서서히 올라오는 것을 더욱 강하게 느끼고 있었다.
하지만 최대한 몸을 곧추세우며 말했다

"자 이제, 선생이 내게 팔고 싶은 건 무엇인지 말해주시죠."

망설이던 강준모가 입을 열었다.

"그건 … 내가 죽인 모든 이들의 얼굴입니다."

***

강은 소자를 잔인하게 죽이고 난 후에도 계속 청부 살해를 이어 갔다.
그 수법은 더욱 치밀해지고 정교해졌다. 그건 몰입으로 과거를 잊고 싶은 심리였을 것이다. 소자가 말했던 사람 책이 이런 것이었을까? 그는 그것을 기록하였다. 그들과 긴 대화를 나누었다. 그리고 책으로 만들었다. 그런데 이런 행위가 그에게 이상한 마음의 변화를 일어나게 한 것이다.

  괴로움이었다. 고통이었다. 죽은 자들이 겪은 고통을 생각하게 되었다. 그의 닫힌 뇌의 어떤 지점이 건드려진 것일까. 소자가 발단이었다.

  그녀가 그를 그렇게 만들어 버린 것이다. 살인의 쾌락에 몰입하던 그의 삶에 균열을 일으킨 것이다.

  그리고 필담을 수소문하기 시작했다.

  그를 만나야 한다. 이 고통스런 지옥을 그가 더 이상 가지고 살 수는 없다. 그런데 팔고 난 후 거래자가 세상에 남아 있어선 안 된다. 그리고 이날의 살인계획은 여느 방법과 유사하게 시작되었고 거미줄에 걸린 나비마냥 아주 쉽게 그가 쳐놓은 함정 속으로 필담은 서서히 들어오고 있는 것 같았다.

  "자 이제 그럼 당신과 나의 거래는 서로의 동의하에 시작이 되는 겁니다. 어쩌면 저의 마지막 거래가 되겠군요."

  필담은 무심히 창밖으로 향하던 눈길을 그에게로 향했다. 그때 어디서 날아온 지 모를 나비 한 마리가 강의 머리 위에 사뿐히 내려 않았다. 강은 그것을 눈치 채지 못했다. 필담은 중얼거렸다

"언젠가 어떤 분이 내게 이런 말을 했습니다. 함부로 나비 날리지 말라고요. 오늘이 그런 경우인지 아닌지는 두고 봐야 할 것 같군요."

이 열차는 종착지 목포를 향해 무심히 달려가고 있었다.
이후 강이 보인 모습은 것 잡을 수 없는 눈물이었다. 이건 또 뭔 부삭용인가. 기억을 파는 과정에서 생긴 상황인 듯도 하고. 그는 어깨를 들썩이며 줄줄 흐르는 눈물을 멈추지 못하고 있었다.

002

•

살아 돌아온 딜러들은 할 말이 많다

목포행 기차 안, 독극물이 온몸에 퍼져가던 손필담. 그가 강을 향해 나비를 날리며 마지막 대화를 나누던 그 시간, 텔레파시가 통한 걸까?

반가사의 여주인 리안은 캔버스 앞에 앉아 있었다. 손끝이 떨림을 느끼며 쉽게 작업에 몰입할 수 없었다.

"누가 찾아오려는지…."

혼자 중얼거리는데 그 말이 부른 사람처럼 문을 밀고 손님 한 명이 부산스레 들어왔다.

그는 동네에서 목재소를 하고 있고, 목재소 문을 연 첫날 우연히 찾아 간 첫 손님이 리안이었던 것이 인연이 된 자다. 그가 리안에게 받은 명함을 가지고 있었다가 그녀가 반가사를 개업했을 때 아무나 찾기 어려운 이곳을 귀신같이 찾아 왔었다.

그 후 그는 당연히 반가사의 단골이 되었고 이곳에서 선인각과도 재회했었다. 그리고 그는 가끔 카페의 소소한 일거리를 해결해준다는 이유를 달고 찾아오곤 했다.

조금 어두운 실내에 익숙해진 남자는 들고 온 의자를 바닥에 내려놓았다.

"수리 잘 마쳤습니다. 이렇게 하고 보니 잘생긴 의자더군요."

아끼던 의자였는데 어느 날 다리가 똑 부러졌던 의자다.

"오늘은 수리비 받습니다. 한 잔 제대로 마실 수 있게 해주는 거죠?"

그는 손재주가 남달랐다는 아버지의 능력을 받은 건지 특별한 배움 없이도 종종 가구 수선에 탁월한 재능을 보였다. 그것을 발견해준 이가 리안이기도 하다.

다시 반가사의 문이 열렸다.

문 앞에서 두리번거리다 들어온 이를 본 리안의 눈앞에 북경 류리창의 앵무새 카페가 순간 영화의 인터컷처럼 스친다. 그를 처음 만났던 곳이다. 진선생, 아니 그의 기억을 받은 선인각이고 싸붕이었다. 오랜 친구와의 재회의 반가움은 오히려 액션이 크지 않은 법이다.
 반가움의 액션은 오히려 이 가구 수리공이 컸다.

"선생님! 저 상습니다. 염상수. 이게 몇 년 만이지요?"

 어떤 애틋함과 익숙함으로 선인각은 그를 따뜻하게 안았다.
 그들의 재회를 므흣한 눈길로 바라보며 그녀는 정성스레 한쪽에서 조용히 두 사람을 위한 언더락스 잔을 만든다.

 진선생의 기억은 아직도 류리창의 앵무새 카페에서 자신이 리안을 구해주었다고 생각하고 있었다.
 "난 리안이 그 노인네에게 노예처럼 잡혀 있다고 생각했지."
 사실 당시 리안은 그곳의 종업원 생활을 즐기고 있었다.

"어쩔 수 없는 이유로 떠나지 못하고 있는 애인인줄 알았는데…. 그래서 팽선생이 죽으며 유산을 나눠준 거 아닌가?"
"아니지요."
 웃으며 그녀는 말했다.

"그 거래 비용은 이미 노부인에게 다 받았었지요. 그때 제가 노인과 진선생 사이에 통역한 거 그걸 전부 믿으세요?"

둘 사이를 통역하며 엄청 각색을 했다는 것과 서예가가 노부인에게 기억을 팔게 하기 위해 사전에 있었던 치밀한 전략이 있었던 걸 그에게 말해주었다.

"저는 이미 노부인을 알고 있었지요."

"그러고 보니 리안이 나보다 한 수 위였군 그려."

그녀의 표정은 사뭇 귀여워졌다. '우훗! 이제 아셨군요' 라는 표정이랄까.

그녀가 중국의 골동품 비밀거래소에서 처음 탄무지엥을 발견했을 때, 그 머리빗이 아주 요긴한 것이 될 거라고 확신했었다. 기억거래자 리안에게 그 빗은 그 후 아주 중요한 도구가 되었다. 근심을 털어내는 빗이라는 이름의 탄무지엥은 아주 특별한 검은 무소의 뿔로 만들었으며, 고대 중국인들에게 암암리에 전해 내려온 빗으로 가짜가 많이 돌고 있는 물건이다.

딜러, 즉 거래인들에게 처리 전의 기억을 보관하는 것은 쉬운 일이 아니다.

그래서 처리의 방법은 기억의 거래자들에겐 주요하고 민감한 문제였다.

리안의 거래 비결은 자신의 긴 머리카락이었다. 그녀의 탐스런 긴 흑단 머리카락은 일종의 기억의 보관 장소였다. 기억과 머리카락은 그렇게 연결되어 있었다.

그리고 탄무지엥이라는 요물은 그녀의 머릿결을 기억의 보관 장소로 그곳을 유지하는데 없어서는 안 될 중요한 사물이었다. 그 빗을 머리에 꼽고 단정하게 올림머리를 만들고 있을 때면 그녀는 딜러의 의지가 거의 바닥일 때다. 그러다가 그녀가 탄무지엥을 좀 헐겁게 하고 긴 머리를 한쪽 어깨 앞으로 드리우거나 또는 양 갈래로 풀어헤칠 때면, 이제 딜러의 의지로 거래의 의사가 있음을 보여주는 사인과 같은 것이다. 이런 리안의 영업비밀을 아는 것은 선인각과 필담 정도다.

화제를 바꾸고 싶은 듯 선인각에게 질문을 던지는 주인장이다.

"이번 여행은 좀 길었네요."

"응 죽는 줄 알았어. 비행기 타는 것도 지겹고 이젠 은퇴해야 할까 봐, 진짜루. 첫 잔은 찐하게 스트레이트로 한 잔 할까 싶구먼."

언더락스 잔을 내밀며 진선생의 안면을 그제야 찬찬히 보는 리안이다.

"오늘은 좀 엄살이 심하시네요. 많이 힘드셨나 봐요. 뭐 재밌는 거래는요?"

"재미라… 글쎄… 내 나이쯤 되면… 주인장도 알거야. 재미있긴 쉽지 않다는 걸. 하하하. 쏘리. 짧은 인생에 괜한 실없는 농담을 했구먼 시간도 없는데 말이여."

그리고는 진선생의 눈빛이 반짝이기 시작했다.

"오랜만에 내 얘기 한번 들어볼꺼여. 주인장!"

어느 사이 단정하게 올려진 그녀의 머리에서 흑단 한 올이 빠져나와 귀를 타고 내려와 왼쪽 어깨 앞으로 늘어뜨려진다.

그녀가 준비가 되었다는 사인인 것을 선인각은 알았다.

*****

필담이 열차의 최종 도착지인 목포에서 고된 여행의 뒷정리를 끝내고 귀경하여 반가사를 찾은 것은 술시를 훌쩍 넘긴 시간이었다. 필담은 오늘 강준모와의 기차여행에서 만나 돌발적인 거래 상황이 마치 지난 생의 일인 양 아득하게만 느껴졌다.
 진짜 전업 준비를 시작해야겠다고 혼자 주절거리며 반가사가 있는 골목에 들어섰다.

 강이 왜 스스로 독극물 주사를 몽땅 자신의 허벅지에 꽂았는지는 알 수 없었다.
 필담이 날린 나비는 분명 그의 마음에 어떤 화학반응을 일으킨 것이다. 그게 무엇인지는 알 수 없는 일이다.
 살인청부업자가 스스로 독극물이 담긴 앰플 주사를 놓고 쓰러지자 필담은 그의 안경다리에 숨겨져 있었던 해독제 주사를 찾아 자신의 정강이에 잽싸게 꽂았다.
 필담이 강의 팔고자 하는 기억 속에 해독제가 숨겨진 곳이 어디인지 알아챈 건 그리 어려운 일이 아니었다.

 필담의 마비는 서서히 풀렸다. 그러나 강은 해독제로 정작 본인은 살지 못했다. 여분의 해독제가 들어 있어야 할 다른 쪽 안경 나사엔 해독제가 없었다. 그것 또한 이미 강이 계획한 것 일수도.
 이미 그렇게 자기 죽음의 설계를 끝낸 고수처럼 행동한 것이 아닌가 하는 생각이 들었다. 그나마 다행인 것은 마비가 필담의 손까지 진행되기 직전이었기에 가능한 일이었다.

안전요원이 도착했을 때 강의 심장은 이미 정지된 상태였고 심폐소생술을 하며 급히 병원으로 후송했지만 이미 죽은 후였다.
강의 말이 사실이라면 사후 2시간 안에 체내에서 흔적도 없이 사라질 약물이기에 그는 그 나이대 남자들의 일반적인 사인 중 하나인 급성 심근경색으로 인한 심박동 정지 정도로 처리될 것이다.

경찰은 필담에게 사인을 요구했다.
가족도 없는 무연고자였기에 동행인이며 심지어 살인 용의자일 수도 있는 필담이 그의 부검에 동의하는 사인을 할 수밖에 없었다. 그렇게 커다란 빙벽은 뜨거운 목포의 태양 아래 녹아 물이 되어 바다로 흘러갔다.
다시 연락하겠다는 경찰은 봉변 아닌 봉변을 당한 필담을 위로하였고, 배려하는 차원에서 가능한 빠른 방법으로 그가 서울로 후송될 수 있도록 차편을 도와주었다.

필담이 긴 하루의 마지막에 생각나는 것은 오로지 반가사에 가서 한 잔 하고 그가 거래했던 기억을 털어 버리는 것이었다.

왜 그리 통화가 안 되었지를 묻는 여주인의 말을 귓등으로 들으며 손필담은 바 앞에 주인과 마주 앉았다. 어떻게 오늘의 무용담을 일목요연히 그녀에게 전해야 할까, 머릿속이 가득했다. 그때였다.

"이봐 날세, 나야. 인각이네."
카페의 어둠 한쪽에서 마치 벽의 그림 속에서 튀어 나온 인물처럼 그는 쓰윽 등장했다.
"이미 낮부터 시작하였지요."

술은 이미 많이 마셨다고 했다.
계속 필담에게 전화했었다고, 함께 마시던 염상수가 떠난 후에도 주당의 술잔은 비지 않았다는 것이다. 물론 주인이 좀 대작을 해주긴 했지만 낮술에 장사 없다고, 이제껏 한쪽 소파에서 누워 자고 있었다는 것이다.
그가 때맞춰 잠에서 깨어난 것이다.

"아! 싸봉."

말문이 막힐 정도로 반가움에. 필담은 그를 으스러져라 부둥켜 앉았다.

4년만이다.

그날 이곳 반가사에서 마지막 술을 들어 부은 게.

그리고 그가 홀연히 사라진 것이다. 위대한 이야기를 찾아 떠나겠다며.

그들 사이에 연락을 부러 주고받지 않아도 언젠가는 다시 볼 수 있을 거라는 것을 필담은 알지만 이런 극적인 재회에는 눈물이 나올 지경이었다.

이번엔 싸붕의 얼굴에 세월의 흔적이 역력히 보였다. 주름과 자글해진 피부 그리고 피로감이었다.

"이번엔 좀 험한 지역을 싸돌아다녔어. 나 많이 늙었지?"

찬찬히 그의 안색을 살펴보는 필담의 눈길을 의식한 듯 싸붕은 먼저 말을 꺼냈다.

"전쟁과 분쟁이 끊이지 않는 곳이었네. 거긴 그냥 훌쩍 지나치려고 했는데 그게 잘 안 되더군.

나를 붙잡는 인간이 한둘이 아니어서 한 두어 달 있겠다는 것이

꼬박 삼년을 그곳에서 헤맸네 그려.

 시작은 졸라 좋았는데 말이지…. 자네가 내게 판 그거, 거기 기억하지. 부탄. 내가 그곳을 찾아 가서는 그 사람을 만났는데 말이지 거기서 그의 세 번째 부인이 거의 여신 수준급의 미모였어. 거기까진 좋았는데 내가 그 동네 규칙을 모르고 말이지 그녀가 밤중에 달려 드는 걸 그냥 뒀더니 이게 동티가 나버린 거지.
 것만 아니었음 내가 그 전쟁지역으로 튈 생각도 안 했고 말이지. 자네도 알다시피 거기 비행기가 일주일에 몇 대밖엔 안 뜨잖아. 그거 기다리다가는 제명에 못 죽을 것 같길래 잠시 불시착한 군용기에 사정사정해서 올라탄 게 그만 분쟁지역이었던 거지. 완전히 착오고 실수였던 거지. 한국 땅도 못 밟고 자네 얼굴도 못보고 죽을 뻔 했어."

 필담은 싸붕이 이렇게 수다스러웠는지 예전엔 미처 몰랐었다. 그의 쉴 새 없이 나오는 무용담을 들으며 심지어 귀엽다는 생각이 들 정도였다. 사지에서 살아나온 자의 스토리에는 어떤 얘기도 잽이 안 된다고 생각하며 그의 말을 듣고 있자니 오늘 자신이 만난 빙벽은 별거 아닌 것이라 위로가 되었다

싸붕은 그곳 전쟁지역에서 얼마나 많이 고통의 기억을 가진 자들을 만났고 그것을 거래해야만 했을까?

그로 인해 받은 거래의 피로감을 싸붕은 이런 식으로 풀어내고 있었다. 그러나 나이는 속일 수 없는 법. 그새 술잔을 손에 든 채 싸붕은 깜빡 졸고 있었다.

그 틈에, 잠시 존재감을 잊고 있었던 그녀를 돌아본다. 반가사 주인 리안. 오늘 여행의 어느 무렵부터 미친 듯이 그녀가 보고 싶었다. 칭얼댈 수 있는 유일한 사람이다.

리안은 되돌이표 되는 싸붕의 이야기 폭탄을 피해 자신의 캔버스 앞으로 자리를 옮겨 아직도 완성하지 못한 만다라 그림을 감상하고 있었다.

그녀는 명상을 하듯 그것을 그냥 지켜만 보았다.

아주 느리게 한 점씩을 그리는 그녀에게 언제가 한번은 가장 오래 걸려 완성한 작품에 대해 물은 적이 있었다. 그녀는 나이만큼의 숫자를 대었다.

그걸 한번 보고 싶다고 하자, 자신을 손가락으로 가리켰다.

'바로 나.'

가장 오래 걸려 만들어진 작품 그리고 아직도 완성되지 않은 미완의 작품은 그녀 자신이라는 것이다. 지혜롭고 위트 넘치는 답변이다.

언젠가 그녀에게 이곳을 찾아오는 이들이 얼마나 되는지 물었었다.

영업비밀이란다. 그러면서 그녀는 솔직히 새로운 누가 찾아오는 게 더 괴롭다고 했다. 영업집 주인의 태도라고는 볼 수 없는 말이지만, 필담은 그 심정은 충분히 공감이 갔다. 그러나 이곳에 다른 손님이 오지 않았으면 하는 건 마음일 뿐 그녀는 알게 모르게 많은 사람들과 관계하고 있는 눈치였다.

그때였다.
영업이 끝난 반가사의 문이 다시 열렸다.
"여기 아직 영업하나요?"
저 처자는 어떻게 알고 이곳의 문을 밀고 들어온 걸까.
그녀는 조금 흥분된 목소리로 누구인지를 묻는 주인의 질문에 꼬인 혀를 티 내지 않으려 애쓰며 또박 또박 답변을 늘어놓는다.

좀 전까지 자신은 종삼 골목의 어느 포장마차에서 성격 꼬인 시나리오 작가와 안 풀리는 감독과 술을 마시고 있었다고 했다. 지겨운 자리를 벗어날 겸 화장실을 간다는 핑계로 나와서 골목으로 들어왔는데 이곳이 있었다는 것이다. 전엔 없던 곳이었는데. 그녀는 연신 놀람과 감탄사를 연발하였다.

"어머! 그 말이 맞았어! 맞았네."

너무 놀라고 신기해하던 그 처자는 자신을 오진주라고 소개했다. 프로듀서 오진주라며 명함을 꺼내 일일이 그들에게 건네는 것이었다.

그녀는 얼마 전 우연히 유튜브 채널을 보았다는 것이다. 그 채널에 남자는 얼굴에 호랑이가면으로 마스킹한 채 프로를 진행하는데 이게 듣다 보니 엄청 중독성 있는 내용이라는 것이다. 그 내용은 세상에 알려지지 않은 직업과 사람들에 대해 얘기하는 라이브방송 같은 건데. 구독자는 꼴랑 스무 명 남짓, 자신은 중독성 있는 그 프로의 애청자가 되었고 그가 만나 인터뷰했다는 사람들을 꼭 만나보고 싶었고, 그 반가사 카페라는 곳을 꼭 찾아 가보고 싶었다는 것이다. 그래서 채널 운영자에게 그곳이 어디인지, 거기를 가면 사람들을 만날 수 있는지 등등 나름 간곡하게 묻는 톡을 보냈지만 아무런 답이 없다가 오늘 오전에 뜻밖에 문자를 받았다는 것이다.

'채널 독자의 간청에 답한다'라는 말로 시작하는 문자였다는 것이다.

믿기지 않았지만 술 마신 김에 실행해보니 여기가 눈앞에 턱 하니 있었다는 것인데…. 그래서 문을 열고 들어왔다는 것이다.

'믿을 수 없는 일이다' '언빌리버블이다' '꿈이냐 생시냐' 등등 그녀는 놀랄 때 흔히 사람들이 사용하는 수사적 언사를 몽땅 가져와서는 계속 흥분을 감추지 못하였다.

그녀의 호들갑에 그만 그곳에 있던 이들의 분위기는 싸해졌다.

죽은 자는 말이 없다. 인터뷰어 아니 살인청부업자 강씨의 사람 책이라는 것이 고작 유튜브를 통해 딜러들의 이야기를 세상에 공개하기 위한 것으로 사용되었다는 것도 뜨악함을 금치 못했다.

그런데 더욱 한심한 것은 채널의 구독자가 고작 스물 남짓이라니. 그들을 위해 강씨가 죽기 전까지 방송을 하고 있었다는 사실을 알게 된 이들의 심정은 순간 싸함을 넘어서 우울함의 단계에 이른다.

세상에 믿을 수 없는 이야기를 찾아다니는 것이 일이라며 이 오피디라는 사람은 은근슬쩍 엉덩이를 바에 빈 의자로 밀고 들어왔다. 유튜브에서 당신들의 이야기가 소수를 위해 소비되는 건 말도 안 되는 일이라면서 이 가치 있는 직업을 세상 사람들 모두를 위한 서사로 만들어서 알리고 싶다며 너스레를 늘어놓는다.

어느새 그녀는 오래된 손님 마냥 놀라운 친화력으로 이들 사이에 스며들었다. 그녀에게 가장 관심을 가지며 술잔을 내어주는 이는 항상 그러하듯이 선인각, 싸붕이었다.
어딜 가나 여난으로 곤혹스런 상황에 몰렸던 그지만 제 버릇은 누굴 주지 못한다고. 그 다운 제스처다.

뜻하지 않은 그 밤의 손님으로 인해 잠시 어수선하였던 분위기는 곧 정리되었다. 꾸벅 졸던 선인각은 이 돌출녀로 인해 완전 잠이 달아나 버린 듯하다.
어느새 술자리는 새로운 차수로 돌입한 분위기다.
우연히 찾아온 손님을 소홀히 해선 안 된다. 선인각은 돌출녀가 딜러의 가능성이 있는지를 테스트 할 것이다.
없다면 물론 그녀에게 어떤 기억을 팔거나 또는 그녀의 기억을 사거나 그 후엔 자신이 이곳에 있었다는 그 어떤 흔적도 지워질 것이다. 종종 이런 뜨내기손님은 있었지만 다시는 이곳으로 들어오는 입구를 찾지 못하게 단단히 마무리를 하곤 했다.

 선인각이 돌출녀 오진주를 커버하는 사이 필담은 힘든 하루의 정리가 필요한 듯 리안과 다시 눈을 맞춘다. 이제 처음으로 둘만의 시간이 허용된 애인들처럼.
 주인장의 머리는 이제 완전히 풀려서 양 어깨 위로 탐스러운 흑단 머리를 드리워 놓았다.
 필담은 오늘 그녀에게 할 말이 너무 많았다.
 필담이 '당신에게 오늘 할 말이 너무 많았는데 무엇부터 해야 할지 모르겠다'고 하자 할 말이 너무 많은 건 하나도 없는 거라며 필담의 입을 닫게 했다.
 그녀의 소울메이트 소자의 기억을 거래했던 그날, 필담이 슬픔으로 마음을 가눌 수 없어 했을 때 그를 안아 주었을 때처럼.

 그녀의 만다라 그림은 조금씩 채색이 되어 가고 있었다.
 이제껏 볼 수 없었던 색감으로 채워진 만다라가 완성되어 가고 있었다.

그녀는 자신을 꼭 안은 필담의 행동에 당황하지 않았다.

엄마이고 연인이고 친구이며 바로 자신과 가장 닮은 여자다.

그녀는 붓을 내려놓고는 손가락을 빗 삼아 필담의 머리를 정성스레 손빗으로 빗겨 주었다. 그들이 첫 만남 때 그러했듯이.

"오늘의 일을 내일로 가지고 가지 마세요."

주문을 외듯 그녀는 그에게 속삭였다. 필담이 알코올과 그날의 피로가 화학작용을 일으켜 눈꺼풀이 내려앉는 시간은 찰나의 순간이지만 마치 슬로 모션을 보듯이 길게 이어졌다.

어디서 온 것인지 모를 나비들이 하나 둘 반가사의 공간을 날기 시작했다. 피곤한 취객의 주머니에서 나왔는지 그들의 헝클어진 머릿속에서 튀어나왔는지 모를 나비들이 날아다니기 시작했다. 그렇게 반가사의 시간은 흘러간다.

문을 잘못 찾아 들어온 오진주를 제자리로 돌려보내는 것을 끝으로 그날의 반가사 영업은 마침내 끝냈다.

필담과 싸붕은 이차를 외치며 카페 문을 나섰다. 여주인도 카페의 문을 걸어 잠그고 그들의 뒤를 따라 나섰다. 또 잘못 들어오는 취객이 있으면 안 되기에.

어둠 속, 반가사 내부는 이제 고요뿐이다.

그 어둠의 한쪽에 아직 완성 안 된 그림을 담고 있는 캔버스가 서 있다.

자세히 보면 캔버스 위에 그려진 원은 형형색색의 모양을 한 나비들로 채워져 있다. 놀랍게도 수백 수천의 나비 문양으로 만다라를 만들어 내고 있는 것이다.

그 나비들, 아니 기억들로 완성되는 만다라다.

그때, 흰배추나비 한 마리가 막 그림 위에 내려앉았다.

나비가 날개 짓을 멈추고 쓰윽 그림의 일부로 흡수 되는 순간, 그림 속의 있던 모든 나비들은 그를 환영하듯 한꺼번에 순간 들썩하며 날개 짓을 한다. 버석이는 날개의 소리가 파장이 되어 고요한 반가사 안은 순간 시끌해졌다.

다시 정적이 찾아왔다.

어둠 속, 수억 개 나비의 날개 짓이 만들어진 무수한 점과 선으로 완성된 만다라는 세상을 향해 나가야 할 때를 기다리는 우아한 포즈로 여전히 시간을 견디고 서 있었다.

... fin

작가 후기

스모그로 가득했던 어느 해,

북경의 건조한 겨울, 깊은 밤.

기름진 중국 음식과 저렴한 중국술의 향기로부터 촉발되었던 이야기였다.

그 해 한 번도 경험해 보지 못했던 향수병이 찾아왔다.

그 위기를 넘어 가는 즐거운 상상이 필요했었다. 기회비용이 너무 많이 드는 영화 작업에서의 피로감을 글쓰기로 풀어내던 시절, 글쓰기는 나와의 지극히 사적인 놀이였다.

기억을 거래하는 것은 누군가의 인생을 사고 파는 일이다.

그 사적이며 지극히 은밀하게 이루어지는 거래를 행할 수 있는 딜러가 있다면.

스토리 딜러에서 시작한 이야기는 SF도 아니고 멜로도 아닌 얼렁뚱땅 무늬만 빌려와서, 조금 생뚱한 메모리딜러라는 세계관 하나를 만들어 놓곤, 계속 우기며, 상상을 키웠다.

함께 일을 해왔던 많은 이들과 그로부터 알게 된 관계들을 이 소설의 캐릭터 안에 녹여내고 싶었다. 어쩌면 이 상상은 수십 년 동안 스토리텔링업계에서 눈을 떼지 못한 이가 쓴 내면의 독백과 같은 소소한 글처럼 읽힐지 모르겠다.

진지하려 했으나, 사뭇 유치하고 그래서 어떤 이들에게는 오글거림으로, 또는 소소한 구라처럼 읽힐 수도 있을 것이다. 그러나 용기를 내어 본다.

읽느라 고생 하셨수.

영화 기획할 때 하는 뻔한 수법을 흉내 내 본다면, 다음 편을 기대하시라!

주요 인물 소개

선인각

이 스토리의 정점에 선인각이 있다.

그는 딜러를 찾아 알아보고 그를 자각시키는 역할을 하는 자로 나온다.

아름다운 도장을 파는 기술이 있고 그 도장으로 일상에서 찾아낸 능력자들을 꼬신다.

손필담

선인각이 어린 필담의 능력을 우연히 보게 된다.

그가 발견한 딜러 중 가장 능력 있는 자다. 순간 나비를 날려 기억을 거래한다. 그러나 치명적인 약점이 있다. 의심이 많고 고집이 황소다. 그 후 수십 년이 흐른 후 마침내 딜러의 세계에 발을 디딘다.

반가사의 여주인

리안이라고 불린다. 보통은 반가사의 여주인으로 호칭한다.

존재가 미스터리다. 반가사라는 공간을 운영한다. 필담과는 신뢰관계가 깊다. 아직 연인사이로 보이진 않는다. 그러나… 유사 애정행각을 가끔 드러낸다.

염상수

역시 선인각이 그의 능력을 알아보고 도장으로 꼬신 자다. 놀라운 친화력의 소유자. 30대 중반에 수백억 재산을 가졌었다. 수입자동차 딜러계의 신화였던 그는 다양한 업종을 거쳐 메모리딜러로 안착한다. 돌아가신 아버지가 그의 첫 거래자였다.

진선생

심약한 딜러로 돈을 많이 벌었다. 그로 인해 항상 두통에 시달리는데. 지금은 거지다.

그는 궁핍함에 자신의 이야기를 파는 조건으로 돈을 받고 강준모의 인터뷰에 응했다.

강준모
딜러를 인터뷰하는 자칭 강피디. 출판업자이며, 청부살인이 부업이다.

쿰씨
마지막 소설을 남기고 자살함으로 창작으로부터 자유로워진다

소자
수다스럽게 예언하는 귀여운 여인. 전생에 킬러인 강과 어떤 인연으로 엮여있다는 것을 알면서 그와 마지막 사랑을 나눈다. 구업으로부터 벗어나야 살 수 있음을 느끼며 성장하는 이다.

파이프 장
필담은 그에게 있는 어떤 능력을 보고 딜러로써의 삶을 제안 하지만 거부하고, 기억 거래자가 되어 예술가의 재능을 발휘한다.

작가 오은실

작고 큰 영화의 기획자이며 프로듀서로 한 시절을 보냈다
우연히 기회가 되어 책을 낼 수 있었지만, 그동안 작가들 괴롭힌 벌을 받는 기분이다
비로소 작가의 어려움을 이해하게 되었다.
허나 마지막이 아니길, 즐거운 상상이 글쓰기 작업으로 계속 이어지길 희망해 본다
본업이 달라지진 않을 것이다.
앞으로 10여년은 오 피디로 불리길 바랄뿐이다.

표지 그림 황윤경

이십여 년 영화기획자 마케터 프로듀서 시나리오 작가로 일했고, 지금은 그림 그리며 살고 있다. 여행을 일상으로, 일상을 여행으로 여기며 늘 떠나고 머무는 사람이다.